Nicolás Gómez Dávila

Der Skeptizismus ist die asketische Nachtwache vor dem Kreuzzug

Nicolás Gómez Dávila

Der Skeptizismus ist die asketische Nachtwache vor dem Kreuzzug

Aphorismen

Ausgewählt und herausgegeben
von Michael Klonovsky

edition buchhaus loschwitz

Die spanischen Originaltexte wurden ins Deutsche übertragen von Michaela Meßner, Günter Maschke, Thomas Knefeli und Günther Rudolf Sigl (Textnachweise siehe S. 174)

Impressum

Friedrich-Wieck-Straße 6, 01326 Dresden
www.kulturhaus-loschwitz.de

Satz und Gestaltung: werksatz dresden

ISBN 978-3-9827863-0-8

„Selbst von einer Anthologie muss man erst eine Anthologie erstellen.«
Nicolás Gómez Dávila

Vorbemerkung des Herausgebers

Die vorliegende Auswahl von Aphorismen des großen kolumbianischen Reaktionärs und aristokratischen Eremiten wurde schon einmal in einer anderen Form veröffentlicht. Sie erschien im Jahr 2007 unter dem Titel »Es genügt, dass die Schönheit unseren Überdruss streift …« bei Reclam. Dass dieses Buch nicht mehr lieferbar und sogar aus den Annalen des Verlages verschwunden ist, hängt mit einem allzudeutschen Zwischenfall zusammen, der im Anhangskapitel »Zur Entstehung dieser Ausgabe« kurz geschildert wird.

Der Korpus der Aphorismen ist in beiden Ausgaben identisch, und auch deren – originalwidrige – Gruppierung nach Oberbegriffen wurde beibehalten. Die Auswahl ist so willkürlich, dass es einiger Erklärungen bedarf.

Ursprünglich handelte es sich um ein Kompendium, welches ich mir, ausschließlich persönlichen Vorlieben folgend, für den privaten Gebrauch zusammengestellt hatte und das ungefähr die Hälfte der nunmehrigen Textmenge umfasste. Die Idee, daraus ein Buch zu machen, sozusagen den Dávila für die Manteltasche, kam durch einen Freund. Der Umfang der Auswahl wuchs folglich und entsprach schließlich halbwegs den DIN-Normen für Manteltaschen. Die einzige Rechtfertigung, die ich für diese Kompilation anführen kann, ist die an den Anfang gestellte Sentenz des Verfassers.

Die aus dem Spanischen ins Deutsche übertragenen Aphorismen entstammen ausschließlich Gómez Dávilas zentralem, in drei Teilen gedrucktem Scholien-Werk (Scholien sind kommentierende Randglossen): *Scholien zu einem inbegriffenen Text* (*Escolios a un texto implícito,* Bogotá 1979), *Neue Scholien zu einem inbegriffenen Text* (*Nuevos escolios a un texto implícito,* Bogotá 1986), *Fortgesetzte Scholien zu einem inbegriffenen Text* (*Sucesivos escolios a un texto implícito,* Bogotá 1992). Die Titel mögen dem Erstleser etwas nach lateinamerikanischem Bibliothekarsmystizismus klingen, doch der rätselhafte implizite Text wird bei der Lektüre früher oder später mit ähnlichem Aplomb vorstellig wie der Steinerne Gast beim letzten Abendmahl des Don Giovanni. Was mich bei der Auswahl leitete, war ausschließlich Begeisterung, wenngleich ich bei späteren Wiederlektüren der *Escolios* immer neue Passagen fand, die ich unbedingt hätte aufnehmen sollen; irgendwann wird wohl der Augenblick erreicht sein, an dem ich jeden einzelnen Aphorismus angestrichen habe.

Im Unterschied zum Original sind die Scholien, wie gesagt, nach Ideen bzw. Gegenständen gruppiert. Einige hätten auch anders rubriziert werden können, aber irgendwo mussten sie schließlich ihren Platz finden. Durch eine solche Anordnung in »Schubladen« bestünde die Gefahr, die Aphorismen »als Bestandteile einer Doktrin zu lesen und nicht als *à propos*«, schreibt Martin Mosebach im Vorwort zu seiner 2006 unter dem Titel *Das Leben ist die Guillotine der Wahrheiten* erschienenen Sammlung »ausgewählter Sprengsätze« aus dem Werk Gómez Dávilas. Das ist zutreffend, und der geneigte Leser darf diese Bemerkung durchaus als Warnung verstehen. Die Scholien sind keine Parolen, sondern diskrete Gesten.

Mag die thematische Strukturierung im Rahmen der »Anthologie einer Anthologie« noch angehen, so ist es philologisch nahezu unverzeihlich, dass der Herausgeber die Aphorismen ohne jede Rücksicht auf die Chronologie ihrer Entstehung – also wiederum nach Gusto – aufgereiht hat. Zu seiner Rechtfertigung darf er einzig die Tatsache anführen, dass Gómez Dávila seine Gedanken weniger organisch entwickelt als vielmehr in immer neuen Variationen vorträgt. Man kann sein Werk im Grunde in beliebige Fragmente zerlegen, der »implizite Text« bleibt dennoch stets derselbe, so wie derjenige, der einen Kristall teilt, Kristalle derselben Art und Qualität, nur eben kleiner, erhält. Es handelt sich um einen jener künstlerischen Idealfälle, wo im hinreichend großen Detail sofort das Ganze aufscheint.

In der originalen Reihenfolge der Scholien geht eine eigentümlich suggestive Wirkung davon aus, dass dieselben Ideen gewissermaßen in immer neuer Verkleidung erscheinen. Die vorliegende Auswahl kann dies nicht oder nur sehr eingeschränkt bieten; im Gegenzug ermöglicht sie eine schnellere Orientierung, speziell für denjenigen, der das Werk des Kolumbianers als ein geistiges Arsenal begreift. Insgesamt umfasst Gómez Dávilas aphoristisches Werk, die frühen *Notas* nicht mitgerechnet, um die 1000 Buchseiten, hier ist allenfalls ein Zehntel davon versammelt. Der Wiener Karolinger-Verlag hat 2020 eine Gesamtausgabe veröffentlicht, 10 370 durchnummerierte Scholien in einem schönen, backsteingroßen Band, dessen Erwerb ich jedem affizierten Leser nur empfehlen kann. Das ist etwas *fürs Leben.*

München, im September 2025
Michael Klonovsky

EXISTENZ

Der erste Schritt der Weisheit besteht darin, fröhlich zuzugeben, dass es keinen Grund gibt, dass unsere Ideen irgend jemanden interessieren könnten.

Indem wir nicht immer vom Tod sprechen können, ist unser ganzes Gerede trivial.

Ich misstraue jeder Idee, die meinen Zeitgenossen nicht veraltet oder grotesk erscheint.

Das Leben zu beobachten ist zu interessant, um die Zeit damit zu verlieren, dass man es lebt.

Die Unmöglichkeit, Lösungen zu finden, lehrt uns, dass wir uns der Aufgabe widmen müssen, die Probleme zu veredeln.

Die Dinge realistisch anzugehen, setzt eine gewisse Niedrigkeit der Seele voraus.

Es gibt immer Thermopylen, bei denen man sterben kann.

Unsere sittliche Pflicht heute besteht nicht so sehr darin, bestimmten ethischen Regeln zu folgen, als die Vorstellung vom Heiligen zu retten.

Der Frühling ist der Schlaf des ewigen Herbstes der Welt.

Zur Verteidigung eines Dinges seine Schönheit ins Treffen zu führen, irritiert die plebejische Seele.

Gegen den schrecklichen Beifall der Dummen schützt das Schicksal nur die Verteidiger von verlorenen Dingen.

Es ist nicht recht, einer vulgären Manier, recht zu haben, recht zu geben.

Der authentische Beruf ist indifferent gegenüber Scheitern und Erfolg.

Wenn nichts mehr in der Gesellschaft Respekt verdient, müssen wir uns in der Einsamkeit stillschweigende Loyalitäten schaffen.

»Einer Generation angehören« ist weniger eine Notwendigkeit als eine Entscheidung gewöhnlicher Seelen.

Unsere Mittelmäßigkeit fällt nicht ins Gewicht, wenn wir sie im Frondienst adeln, statt sie bis zum Neid verkommen zu lassen.

Nur seine demütigendsten Routinen geben dem Leben etwas Ernsthaftes und etwas Gewicht.

Wenn wir wollen, dass etwas Bestand hat, sorgen wir für Schönheit, nicht für Effizienz.

Die Leichtigkeit, mit der die genialische Verwirrtheit simuliert werden kann, lässt uns die schlichte Seelenruhe vorziehen, die niemand vortäuschen kann.

Wer nur kluge Freunde haben will, läuft Gefahr, alleine zu sterben.

Verteidige deinen Stolz, damit deine Demut in sauberen Quartieren absteigt.

Die Unparteilichkeit besticht weniger als die Parteilichkeit, die sich mit Ironie betrachtet.

Die Loyalität, der wir dankbar sind, ist die der konstanten Laune.

Um jedes Mysterium abzuschaffen, genügt es, die Welt mit den Augen eines Schweins zu betrachten.

Wenn wir zwei sich ästhetisch unterscheidende Exemplare derselben Art vergleichen, erscheint uns das hässliche als empirische Tatsache und das schöne als rationale Notwendigkeit.

Nichts ist dümmer, als die Dummheit zu verachten, während wir uns um ihren Applaus bemühen.

Das Alte oder Moderne schätzen ist leicht; aber das Obsolete zu schätzen wissen, ist der Triumph des echten Geschmacks.

Die Demut ist der einzige sichere Zufluchtsort vor der Dummheit.

Wenn wir die Seele erwähnen, geben wir nicht vor, ein Problem zu lösen, sondern versuchen, nicht unehrlicherweise ein Mysterium zu verbergen.

Indem wir lernen zu bewundern, heilen wir uns von den schlechten Angewohnheiten der Mittelmäßigkeit.

Ich würde bereitwillig zahlen, um die Mehrzahl all der Dinge nicht tun zu müssen, für die die anderen zahlen, um sie tun zu können.

Nachdem uns der Dialog mit Mittelmäßigen offenkundig beschränkt: Ist die Beschränktheit unserer Gesprächspartner nicht vielleicht Widerschein unserer eigenen Mittelmäßigkeit?

Am Ende schämen wir uns immer, an einer kollektiven Begeisterung teilgehabt zu haben.

Gegen die heutige Welt konspirieren wirksam nur die, die insgeheim die Bewunderung der Schönheit verbreiten.

Was zum Beispiel Ludwig XIV. oder Goethe nicht brauchten, kann uns als Kriterium des Unnützen dienen.

Nur der Einsame rettet sich vor dem Provinzialismus.

Wenn alle etwas sein wollen, ist es nur dezent, nichts zu sein.

Nur schreibend kann man sich von dem Jahrhundert trennen, in dem man geboren wurde.

Wenn wir aufhören, an die Seele zu glauben, behandeln wir uns am Ende gegenseitig als vergängliche Güter.

In Gegenwart dessen, der uns nicht versteht, fühlen wir uns vor einer Wand.
In Gegenwart dessen, der uns versteht, fühlen wir uns in einem Kerker.

Selbst der Allerdümmste erlebt Nächte, in denen seine gegen die Wahrheit errichteten Verteidigungsanlagen brüchig werden.

Was uns aus der Fassung bringt, heilt für einen Moment unsere Dummheit.

Die Vollkommenheit dessen, den wir lieben, ist keine Fiktion der Liebe.
Lieben ist, im Gegenteil, das Privileg, eine Vollkommenheit zu bemerken, die anderen Augen unsichtbar bleibt.

Kein Wesen verdient unser Interesse länger als einen Moment oder kürzer als ein Leben.

Nichts ist so schwer wie zu lernen, dass auch Stärke lächerlich sein kann.

Der Misanthropie fällt zum Opfer, wer keinen entomologischen Blick hat.

Weisen wir den abscheulichen Rat zurück, auf die Freundschaft und auf die Liebe zu verzichten, um das Unglück zu verbannen. Vermischen wir im Gegenteil unsere Seelen, wie wir unsere Körper verflechten.
Das geliebte Wesen möge die Erde unserer zerrissenen Wurzeln sein.

Nur wir selbst können die Wunden vergiften, die uns zugefügt werden.

Weder Niederlagen noch Unglücksschläge nehmen die Lebenslust.
Nur der Verrat löscht sie aus.

Jede Beleidigung des Lebens auf einem geliebten Gesicht nährt die wirkliche Liebe.

Es reicht der Stolz, um den zu entschuldigen, der uns verletzte; aber nicht einmal die Nächstenliebe reicht, um dem zu verzeihen, der den verletzt, den wir lieben.

Was anzieht, selbst sexuell, ist weniger ein nackter Körper als eine Fleisch gewordene Seele.

Der Mensch soll sich nicht verlocken lassen, jede Wahrheit zu umarmen, sondern er soll mit seinen Göttern sterben. Anpassen erniedrigt.

Aus der Trivialität der Existenz können wir nicht durch die Türen entkommen, sondern über die Dächer.

Das Gewicht dieser Welt lässt sich nur tragen, wenn man niederkniet.

Reifen heißt eine wachsende Anzahl von Gemeinplätzen in authentische geistige Erfahrung verwandeln.

Allein das Unerwartete befriedigt vollständig.

Der Gesprächspartner des Einsamen ist die gesamte Vergangenheit.

Traurig wie eine Biographie.

Alles, was eine mäßige Dosis Absurdität enthält, versöhnt uns mit dem Leben.

Nehmen wir keine These an, die nachzubessern ist, weil wir verloren oder weil wir gewonnen haben.

Um ein Lächeln in ein trauriges Gesicht zu zaubern, fühle ich mich zu jeder Niedertracht fähig.

Eine bestimmte diskrete Albernheit ist, wie das einfache Essen, das einzige Nahrungsmittel, dessen man nicht überdrüssig wird.

Für nichts wirklich Wichtiges ist es je zu spät.

Freiwillig arm oder unfreiwillig reich. Anderes verbittert.

Die Mittelmäßigkeit eines jeglichen Triumphs ist es nicht wert, dass wir uns mit den Eigenschaften beschmutzen, die er erfordert.

Jedes Leben ist eine belagerte Festung.

Niemand soll ohne Zittern wagen, auf irgendein Schicksal Einfluss zu nehmen.

Die Schönheit eines Gegenstandes ist seine wirkliche Substanz.

Die unvorhersehbare Grazie eines intelligenten Lächelns reicht, um die Schichten der Langeweile hinwegzusprengen, die die Tage hinterlassen.

Die Zurückweisung beunruhigt und die Zustimmung beschämt uns.

Es gibt keine Wahrheit, die zu erdrosseln nicht erlaubt wäre, wenn sie den verletzen muss, den wir lieben.

Jede Sache, die zufriedenstellt, löst Probleme, mit denen sie nichts zu tun hat.

Wenn wir uns praktische Ziele setzen, enden wir immer Arm in Arm mit jenen unserer Nächsten, die wir nicht einmal mit dem Fuß hätten berühren wollen.

Was die Kontraktion einiger Muskeln zu einem Lächeln werden lässt, ist das Gestreiftwerden von unsichtbaren Flügeln.

Nur der Einsame ist fähig, mehr als taktische Wahrheiten zu denken.

Wer nicht ein bisschen aller Dinge müde ist, mit dem lohnt es nicht die Mühe, sich zu unterhalten.

Nur wenige werden am Ende nicht am Halfter in den Stall geführt.

Es genügt, dass die Schönheit unseren Überdruss streift, damit unser Herz wie Seide zwischen den Händen des Lebens zerreißt.

Die Weisheit besteht nur darin, weder das Nichts, das der Mensch ist, noch die Schönheit, die manchmal in seinen Händen entsteht, jemals zu vergessen.

KÜNSTLERTUM

Das Kunstwerk ist der einzige definitive Sieg.

Wir sollten die Begriffsvermischung zwischen der Ästhetik und der Ethik beibehalten.
Damit hässlich immer etwas Schlechtes bedeute und schlecht etwas Hässliches.

Die Zeit destilliert die Wahrheit im Glaskolben der Kunst.

Alle irdische Herrlichkeit ist das Werk verblüffter Hände.

In der Kunst kann es keine Häresien geben: der ästhetische Treffer ist die Orthodoxie.

Der wahre Künstler arbeitet mit der Mentalität eines Handwerkers.

Ruhm bedeutet für den echten Künstler nicht den Lärm von Lobreden, sondern die schreckliche Stille des Augenblicks, in dem er glaubt, das Richtige getroffen zu haben.

Die Kunst ist das Werkzeug, das uns in den Besitz der Welt bringt, ohne sie in einen Leichnam zu verwandeln.

In keiner früheren Epoche waren die Wissenschaften und Künste so populär wie in unserer. Künste und Wissenschaften überfluten die Schule, die Presse und die Verlagskataloge. Dennoch hat keine andere Epoche so hässliche Dinge

hergestellt, noch so schäbige Träume geträumt, noch sich so gemeine Ideen zu eigen gemacht.
Man sagt, das Publikum sei gebildeter. Aber man merkt es ihm nicht an.

Über die Qualität einer Epoche informiert uns ihre Kunst, nicht ihre Diskurse.

Die Dinge hören auf, leer zu sein, wenn sie jemand mit Talent malt.

Die Ästhetik darf keine Rezepte geben, weil es keine Methode gibt, um Wunder zu schaffen.

Wenn Kunst kein einsames Vergnügen ist, wird sie zur Gesellschaftszeremonie.

Gesellschaftlich gesehen sollte der Künstler nur ein wohlerzogener Mann sein, der ein Doppelleben führt.

Der Künstler, der nicht die nötige Originalität besitzt, um eine unverwechselbare Welt zu erschaffen, tritt der Avantgarde bei.

Das Fragment ist Ausdrucksmittel desjenigen, der gelernt hat, dass der Mensch zwischen Fragmenten lebt.

Gut zu malen ist heute so schwer wie zu allen Zeiten, schlecht zu malen ist heute leichter.

Der Wert eines Kunstwerks ragt aus der Geschichte heraus, nicht jedoch das Werk selbst.
Alles am Werk ist historisch, ausgenommen sein Wert.

Bis gestern ist der Künstler noch ohne jede Theorie ans Werk gegangen.

Die echten Kunstwerke explodieren abseits ihrer Zeit wie auf einem Schlachtfeld liegengebliebene Geschosse.

Wenn die intellektuellen Lautsprecher einen Moment schwiegen, würde das Publikum zur offiziellen Malerei des letzten Jahrhunderts zurückkehren.

Nur ein weiteres Kunstwerk kann über das Kunstwerk wie über das Individuum auf angemessene Weise sprechen.

Unter den Künstlern ist die unselige Spezies des ehrlichen Betrügers die zahlreichste.

Die Kunst erzieht niemanden außer den Künstler.

Die Künste gedeihen in den Gesellschaften, die sie mit Gleichgültigkeit betrachten, und gehen zugrunde, wenn die betriebsame Ehrfurcht der Dummköpfe sie fördert.

Ich bin nicht so töricht, die unbestreitbaren Leistungen der modernen Kunst zu leugnen; aber ich fühle mich, wenn ich sie betrachte, wie vor chinesischer oder ägyptischer Kunst: wie vor einer exotischen Kunst.

Ästhetische Betrügereien greifen heute um sich, weil der Laie von heute irgendein Spezialist zu sein pflegt, dem zu suggerieren es leichtfällt, die künstlerischen Aktivitäten seien so unerreichbar für den Laien wie seine eigenen. Kritik, Geisteswissenschaften, Künste füllen sich mit Betrügern, wenn der Laie, der schlichtweg gebildet ist, verschwindet.

Die Machart eines Kunstwerks mag von sozialen Bedingungen abhängig sein; seine ästhetische Qualität ist von nichts abhängig.

Der große Künstler experimentiert nicht auf der Suche nach einer selteneren, sondern einer reineren Qualität.

Nicht zwischen der Zeitlosigkeit des Kunstwerks und der Geschichtlichkeit künstlerischer Formen unterscheiden zu können, ist der Grund ästhetischer Fehlschlüsse.

Der Künstler der Gegenwart ist begierig darauf, dass die Gesellschaft ihn ablehnt und die Presse ihn lobt.

Die modernen Kunstwerke, die wir ohne Einschränkung bewundern, sind alle ohne Ausnahme Niederlagen der modernen Mentalität.

Die revolutionäre Kunst schmückt am Ende die Salons des reichen Eisenwarenhändlers.

Auch in Kunst und Literatur hat der Industrielle den Handwerker verdrängt.

Das Höchste, was der Mensch erreicht, hängt nicht davon ab, was er tut.
Sondern was die ästhetische Vorstellungskraft ihn tun sieht.

Die Avantgarde bietet ein köstliches Schauspiel der Entrüstung, wenn sie sich nach einigen Jahren in eine Nachhut verwandelt hat.

Die geschwollene Eloquenz der ästhetischen Theorien wächst mit der Mittelmäßigkeit der Werke, so wie die der Redner mit dem Niedergang ihres Vaterlandes.

Der Künstler, der sich entschuldigt, indem er seine Aufrichtigkeit anführt, will uns glauben machen, dass er absichtlich scheiterte.

Der Mode zu folgen interessiert nur den Künstler, der nie die Mode sein wird, der zu folgen es ihn drängt.

Der »Fortschritt«, die »Demokratie«, die »klassenlose Gesellschaft« fanatisieren die Menge, lassen aber die Musen missgelaunt und kalt.

Wird er international, bereitet sich ein Stil aufs Sterben vor.

In den Künsten nennt sich Authentizität die Konvention des Tages.

Unsere Zurückhaltung angesichts vieler moderner Künstler rührt nicht von der Ungewöhnlichkeit ihrer Werke her, sondern dem hohen Alter ihrer Anliegen.

Im Unterschied zur Kunst anderer Epochen ist die aktuelle Kunst ohne die deutende doktrinäre Ästhetik unverständlich.

Die Romantik war ein Protest gegen die Beschlagnahmung der Kultur durch die *pursuit of happiness*.

Die Mediokren krönen nennt man »Kulturförderung«.

Zukunft hat nur der Künstler, dem die Kritik die Aktualität abspricht.

Goya ist der Seher der Dämonen, Picasso der Komplize.

Die größte Respektlosigkeit gegenüber dem Kunstwerk ist, es als ein Wertobjekt zu behandeln.
Zum Glück kann kein einziger reicher Protz ein Gedicht an die Wände seines Hauses nageln.

Die Möglichkeit, dem Publikum ein beliebiges Artefakt im Namen der Kunst zu verkaufen, ist ein demokratisches Phänomen.

Die Erniedrigung, mit der der Applaus bezahlt werden muss, erscheint vielen als zusätzliche Belohnung.

Das wahre Kunstwerk ist jenes, von dem wir, bevor wir es gesehen haben, unfehlbar sagen können, dass seine Existenz unmöglich sei.

Jeder Künstler bleibt ein paar Schritte vor dem unsichtbaren Ziel stehen.

Das schöne Kunstwerk besteht autonom und einzigartig fort, während das misslungene Werk Teil der Biographie eines Individuums oder einer Gesellschaft ist.

Alles muss seine Existenz rechtfertigen, außer dem Kunstwerk.

LITERATUR

Nichts ist wichtig genug, als dass es nicht wichtig wäre, wie es geschrieben ist.

Die Dekadenz einer Literatur beginnt, wenn ihre Leser nicht schreiben können.

Der wahre Leser klammert sich an den Text, den er liest, wie ein Schiffbrüchiger an eine vorbeitreibende Planke.

Der Schriftsteller, der seine Sätze nicht gefoltert hat, foltert den Leser.

Die großen Werke brauchen Jahre, um aus dem Haufen literarischer Kadaver aufzutauchen, die sie ersticken.

Es gibt keine Torheit, die eine elegante Syntax nicht erlöst.

Nicht die Botschaft eines Buches, sondern sein Klima ist es, das uns dazu einlädt, in ihm zu hausen.

Schreiben ist oft unvermeidbar, veröffentlichen fast stets schamlos.

Eine Hand, die nicht zu liebkosen versteht, kann nicht schreiben.

Die literarische Geschicklichkeit zeichnet sich darin aus, den Satz bei gleichbleibender Temperatur zu halten.

Wenige Leser wissen zu lesen, ohne sich durch die literarischen Moden ihrer Zeit überwacht zu fühlen.

Der moderne Schriftsteller schreibt einen Roman mit dem Stoff, den Balzac in einem Absatz bewältigt.

Jene, die sich von lateinischer und griechischer Literatur genährt haben, schauen sich mit einem Lächeln an, wenn die anderen sprechen.

Modern ist, was bleibt, wenn die Poesie getötet wurde.

Wenn eine Sprache zerfällt, glauben ihre Sprecher, sie verjünge sich.
Über der Jugendfrische heutiger Prosa liegt ein Hauch verendeten Fleisches.

Seit Blake, Wordsworth und der deutschen Romantik ist die moderne Dichtkunst eine reaktionäre Verschwörung gegen die Entweihung der Welt.

Das Einzige, was den Modernen beschämt, ist, Bewunderung für einen aus der Mode gekommenen Autor zu zeigen.

Die klassischen Sprachen haben erzieherischen Wert, da sie vor der Vulgarität sicher sind, mit der das moderne Leben die gesprochenen Sprachen verdirbt.

Dem Aphorismus vorzuwerfen, nur Teile der Wahrheit auszudrücken, kommt der Annahme gleich, die weitschweifige Rede könne sie voll und ganz ausdrücken.

Sobald in Vergessenheit gerät, was die Zeitgenossen lasen, bleibt die Literatur der Epoche übrig.

Die revolutionäre Wirksamkeit tröstet den zu literarischer Wirksamkeit unfähigen Schriftsteller.

Die Worte werden im Volke geboren, erblühen bei den Schriftstellern, sterben im Munde der Mittelschicht.

Nichts Selteneres heute als ein Literaturkritiker, der an der Literatur Gefallen findet.

Die Werke de Sades sind geheime Nachträge zur *Encyclopédie*.

Die aktuelle Kritik bedauert, dass die Schönheit Helenas sie daran hindere, sich den sozialen Problemen Spartas zu widmen.

Ohne verständigen Leser gibt es keinen scharfsinnigen Text.

Es gibt Leser, die von den Büchern angenommen werden, und Leser, die von ihnen zurückgewiesen werden.

Die literarischen Wunder überschreiten selten Konstellationen von dreißig Wörtern.

Zielen wir hoch, dann gibt es kein Publikum, das beurteilen kann, ob wir getroffen haben.

Ein Buch ist medioker, wenn es gelingt, seine Vorzüglichkeit zu definieren.

Die großen Werke wären ganz offensichtlich nicht das, was sie sind, wenn sie diejenige Person zum Autor hätten, die von modernen Biographen geschildert wird.

Der literarische Kosmopolitismus endet damit, dass alle Welt schreibt, als sei es übersetzt.

Der Zeitgenosse, der die Schriftsteller seiner Epoche nicht bewundert, begeht einige Ungerechtigkeiten, vermeidet aber eine Unzahl komischer Irrtümer.

Nur was wir wiederlesen, haben wir selbst bestimmt.

Von Homer bis Yeats haben die plebejischen Werte wie unterdrückte Proletarier in den Vorstädten der Literatur vegetiert.
Die Literatur der Gegenwart wird von Thersites geschrieben.

Die Literaturgeschichte lehrt, dass das Werk eines jeden großen Dichters in zwei Teile zerfällt: in den, den wir weiter bewundern, und in den, der die Literatur beeinflusst hat.

Die Fähigkeit, übersetzte Gedichte zu lesen, ist ein eindeutiges Zeichen für Gleichgültigkeit gegenüber der Dichtung.

Der einzige Schriftsteller des 18. Jahrhunderts, den die Bewunderung unserer Zeitgenossen wieder zum Leben erweckt hat, ist de Sade.
Es gibt eben Palastbesucher, die nur die Latrinen bewundern.

Der Dichter ohne Originalität sucht Zuflucht bei der Unwahrscheinlichkeit.

Unter den unpopulären Schriftstellern verdienen viele nicht die Ehre ihrer Unpopularität.

Ein Buch muss schon außerordentlich minderwertig sein, wenn es uns beim Wiederlesen nicht das Gefühl geben kann, wir hätten es noch nicht gelesen.

Selbst von einer Anthologie muss man erst eine Anthologie erstellen.

Wir müssen jedes Modewort zwischen Anführungsstriche setzen, damit der Text nicht verdirbt.

Der Kritiker führt einen erbitterten Kampf, um das Gedicht etwas sagen zu lassen, was in Prosa bedeutsam klingt.

Die literarischen Rangordnungen erscheinen so lange anfechtbar, bis wir hören, wie irgendein Einfaltspinsel sie unabsichtlich verwechselt.

Damit ihm sein Geschmack verziehen wird, bringt der zeitgenössische Schriftsteller ihn zwischen einer Anstößigkeit und einer Zote unter.

Für die moderne Mentalität ist die Tragödie nicht mehr grausam: sie ist unmoralisch.

Wir stoßen immer wieder auf Leute, die überzeugt sind, ein Buch gelesen zu haben, wenn sie die Übersetzung kennen.

Der Reichtum einer Sprache hängt ab von der Anzahl intelligenter Menschen, welche die Bedeutung ihrer Worte dadurch bereicherten, dass sie in ihr mit Talent geschrieben haben.

Die Welt ist nicht Thema des Dichters, sondern Wörterbuch seiner Metaphern.

Dem heutigen Schriftsteller genügt es, verstanden zu werden, gerade so, als schriebe er in einer fremden Sprache.

Was es gestattet, die anderen zu ertragen, ist die Möglichkeit, sie in eine Erzählung zu verwandeln.

Eine gewisse Zeit lang nichts als Latein und Griechisch zu lesen, ist das Einzige, was eine Seele ein wenig desinfiziert.

Man darf nicht schreiben, damit wir Leser haben, sondern so, als ob wir einen Leser haben würden.

Der Romancier der Linken scheitert immer, weil er die Lösung aller Probleme kennt.

Die literarische Avantgarde füllt mit ihren Leichen die feindlichen Schützengräben, damit sie der einsame Autor in Ruhe überqueren kann.

Die Zuerkennung von Preisen an mittelmäßige Schriftsteller ist lächerlich, an große Schriftsteller unverschämt.

Die Literatur ist Gestik des Schiffbruchs geworden, wo sie doch die Beschreibung der Schiffbrüchigen sein sollte.

Die Schriftsteller, die mich am meisten verführen, sind die, die mich am meisten irritieren würden, wenn sie nicht so intelligent wären.

Werke, so bedeutend wie die größten, sind in diesem Jahrhundert entstanden, aber unzeitgemäß und fremd. Arabesken, die ein Genie an die Ränder eines albernen Textes zeichnet.

Eine Anthologie zeitgenössischer Dichtung stellt sich in jeder Epoche bald als Friedhof von Fehlgeburten heraus.

Die ironische, elegante, anspielungsreiche Prosa stört den diplomierten Plebejer genauso wie die höflichen Manieren den Plebejer ohne Diplom.

In dem Maße, wie die Seele vertrocknet, wächst die Zahl der Wörter, die ungenutzt in den Wörterbüchern vor sich hin dösen.

Wenn die Schriftsteller eines Jahrhunderts nur Langweiliges schreiben, wechseln wir Leser das Jahrhundert.

Die Sprachgemeinschaft des Schriftstellers ist nicht die ephemere Gruppe von Sprechenden, die ihn umgeben, sondern die Literaturgeschichte, der er angehört.

Solange ein Buch nicht seine Aktualität eingebüßt hat, weiß niemand, ob es wichtig ist.

Die Literatur ist die Wissenschaft von der Qualität.

Bedauern wir weniger die Obszönität des heutigen Romanciers als sein Unglück.
Wenn der Mensch unbedeutend wird, werden Kopulation und Darmentleerung zu bedeutenden Handlungen.

Das Thema des authentischen Schriftstellers sind seine Probleme, die des unechten die seiner Leser.

Was immer der heutige Romancier meint, weder eine linke Haltung noch die Pornographie ersetzen das Talent.

Misstrauen wir der Prosa, die nicht lächelt.

Am ehrlichsten denunziert eine Epoche der Tonfall ihrer Texte.

Wie der Satz nicht geschrieben ist, so ist der Mensch nicht erzogen, solange man zwischen Form und Inhalt unterscheiden kann.

Der geistige Aufstieg besteht nicht darin, allmählich von der Lektüre mittelmäßiger Bücher zur Lektüre hervorragender Bücher überzugehen, sondern plötzlich unfähig zu sein, mittelmäßige zu lesen.

Der Schriftsteller darf nur sein eigener Sprecher sein.

Die Dichtung des 18. Jahrhunderts lesen zu lernen, gehört zum Reisepass des Zivilisierten.

Die Beendung der Lektüre irgendeines Buches ist immer eine Großtat.

Jedes wichtige Werk lässt uns drei Etappen durcheilen: Bewunderung, Enttäuschung, Bewunderung.

Gedichte werden nicht geschrieben, damit wir sie lesen, sondern damit wir uns ihrer erinnern.

Die Poesie liegt in den letzten Zügen, wenn der Poet argwöhnt, dass das Universum wissenschaftlich erklärbar sei.

Ein wahrer Schriftsteller ist nicht der, welcher uns mit der exotischen Stimme eines pittoresken Tischgenossen bei einer zufälligen Begegnung anredet, sondern wer uns mit derselben Stimme anspricht, mit der wir in unserer Einsamkeit zu uns sprechen.

Der pornographische Roman wird immer misslingen, weil der Koitus nicht Akt des Individuums, sondern Aktivität der Gattung ist.

Der Schriftsteller verheddert sich in den Tatsachen, wenn seine Sätze keine Schneide haben.

Journalismus bedeutet, ausschließlich für die anderen zu schreiben.

Dem Schriftsteller darf nur das Thema wichtig sein, das er behandelt, uns nur der Schriftsteller.

Solange es jemand ungerecht bewertet, lebt das Werk. Die Indifferenz ist sein Tod.
Solange man Platon beleidigt, hat die Demokratie nicht gesiegt.

Der mögliche Bewunderer verdirbt die Prosa.

Die Originalität eines Buches sollte nicht den beschäftigen, der es schreibt, sondern den, der es liest.

Ohne Gefahr können wir griechische oder lateinische Autoren bewundern, aber wenn wir beiläufig Bewunderung für Shakespeare oder Racine bekennen, wird immer irgendein Franzose oder Engländer auf komische Art und Weise anmaßend.

Nach Jahrtausenden der Literatur müssten wir wissen, dass die Wahrheit weniger wichtig ist als das Talent, mit dem ein Schriftsteller sich irrt.

Die drei Feinde der Literatur sind: der Journalismus, die Soziologie, die Ethik.

Jede Tatsache ist immer weniger interessant als ihr Bericht.

Unsere Meinung über ein großes Buch ist ein Urteil, mit dem das Buch uns richtet.

Der Schriftsteller, dem Popularität gleichgültig ist, will nicht Zeitgenosse der Schriftsteller seiner Zeit sein, sondern der Schriftsteller, die er bewundert.

Ein Werk ist literarisch, wenn Autor und Werk untrennbar sind, wissenschaftlich, wenn irgend jemand es geschrieben haben kann.

Die Wichtigkeit einer »Botschaft« hängt in der Literatur von der Qualität des Boten ab.

Jede edle Betätigung ist ein Lauern auf Wunder.
Der Schriftsteller hofft auf seinen Satz wie Martha auf die Auferstehung des Lazarus.

Wenn wir von einem Dichter sprechen, ist es töricht, auf seinen missglückten Gedichten zu beharren. Normal ist, dass Gedichte missglücken.
Ein Dichter ist nicht mehr als seine Triumphe.

Die zeitgenössische Literatur ist in jeder Epoche der schlimmste Feind der Kultur.
Die begrenzte Zeit des Lesers wird mit dem Lesen von Tausenden von mittelmäßigen Büchern vertan, die sein Kritikvermögen abstumpfen und seine literarische Sensibilität beschädigen.

Die großen Schriftsteller sind seit der Romantik Gefangene, die wie rasend an den Gittern des Käfigs rütteln, in den sich eine Welt ohne Gott verwandelt hat.

Ohne politische Partei gibt es schon keinen dichterischen Ruhm mehr.

Man sollte nur für Überlegene schreiben oder denken.

Literatur, die den vergnügt, der sie macht, langweilt den, der sie liest.

Die experimentelle Literatur ist bloß technisches Experiment.
Literatur dagegen ist das, was dem Experiment ausweicht.

Eine echte Berufung führt den Schriftsteller dazu, nur für sich selbst zu schreiben: zuerst aus Stolz, dann aus Bescheidenheit.

Eine zu Vertraulichkeiten degenerierte Lyrik ist die Krankheit der modernen Poesie.

Wir sollten nur lesen, um zu entdecken, was wir ewig wiederlesen sollten.

Für den Schriftsteller bleibt alles noch zu sagen, solange er es noch nicht auf seine Weise gesagt hat.

Der legitime Besitzer einer Idee ist derjenige, der ihr die perfekte Form verleiht.

Der Wortschatz des wahren Schriftstellers findet sich in keinem Wörterbuch.

Nur die Helden mittelmäßiger Romane lösen ihre Probleme.

Der Übergang von einem Buch zum anderen vollzieht sich über das Leben.

Triviales hinter noblen Sätzen zu verbergen, ist die Aufgabe, die sich jede Literatur in ihrer aufsteigenden Phase stellt und die jede Dekadenz mit kindlichem Zynismus anprangert.

Für den Leser, der zu lesen weiß, ist jede Literatur zeitgenössisch.

Es genügt der Anprall eines Verses, um die Trümmer, die die Seele begraben, bersten zu lassen.

Immer bereuen wir, einen Schriftsteller ohne Talent nur deshalb gelesen zu haben, weil es um ein interessantes Thema ging.

Die patriotischen Kritiker erfinden ihren armseligen Literaturen Genies.
Nichts ruiniert so den Geschmack wie der Patriotismus.

Die intelligentesten Bücher sagen dasselbe wie die dümmsten, aber sie haben unterschiedliche Autoren.

Die Sätze sind Steinchen, die der Schriftsteller in die Seele des Lesers wirft.
Der Durchmesser der konzentrischen Wellen hängt von den Dimensionen des Teiches ab.

Der intelligente Bericht von der Niederlage ist der subtile Sieg des Besiegten.

Wenn wir die zeitgenössische Literatur unserer Jugend wiederlesen, haben wir das Gefühl, wir stünden Karikaturen unserer Erinnerungen gegenüber.

Um vielen Generationen gefallen zu können, darf man einer einzigen nicht zu sehr gefallen haben.

Ein erfahrener Leser wittert schon beim ersten Adjektiv das schlechte Buch.

Keine Leser zu haben, wäre eine beklagenswerte Angelegenheit, wenn der Ruhm die Qualität des Werkes verbessern würde.

Das Theater ist der Ort, an dem die unbedeutenden Werke Vergeltung üben.

Literarische Nüchternheit und Natürlichkeit sind rhetorische Techniken wie andere auch.

Das Buch, das weder geschrieben wurde, um zu überzeugen noch um zu verführen, besitzt eine unverwechselbare Würde.

Der Schriftsteller weiß nie, welchen Rang er einnimmt.
Er gelangt höchstens dahin zu spüren, dass er zum Gremium gehört.

Lesen können ist das Letzte, was man lernt.

Für die Nachwelt schreiben heißt nicht, sich danach zu sehnen, dass man uns morgen liest.
Es heißt, nach einer bestimmten Qualität des Schreibens zu streben.
Selbst wenn uns niemand läse.

Die Wahrheit mag den Ausschlag geben. Aber nur der Stil rettet.

MODERNE

Es ist mir niemals wieder wichtig geworden, wo ich lebe, seit ich die geräumigen, großen und baufälligen Häuser sterben und die weiten einsamen Felder meiner Kindheit sich mit industriellem und menschlichem Unrat bedecken sah.

Der Moderne fühlt sich nie so persönlich, wie wenn er das tut, was alle machen.

Das zeitgenössische Publikum ist das erste, dem man mühelos verkaufen kann, was es weder braucht noch ihm gefällt.

In einem Jahrhundert, in dem die öffentlichen Medien unbegrenzte Dummheiten unter die Leute bringen, wird der gebildete Mensch nicht an seinem Wissen erkannt, sondern an seinem Nichtwissen.

Der Moderne glaubt, der Tod sei »natürlich«, solange er nicht an der Reihe ist.

Die Resultate der modernen »Befreiung« lassen uns mit Wehmut an die abgeschaffte »bürgerliche Heuchelei« zurückdenken.

Die Moderne nennt »Wandel« das immer schnellere Marschieren auf dem gleichen Weg in die gleiche Richtung.

Die Schlaflosigkeit einer Gesellschaft in der Trance ständiger Innovation verblödet sie am Ende.

Die musikliebenden Engel der christlichen Mythologie werden im Paradies der Progressiven durch Sportlehrer ersetzt.

Der Glaube an die grundsätzliche Lösbarkeit der Probleme ist das typische Merkmal der modernen Welt.
Dass jeder prinzipielle Antagonismus einfach ein Missverständnis sei, dass es für jeden Kopfschmerz Aspirin gäbe.

Das Volk fühlt sich heute nur frei, wenn es autorisiert ist, nichts zu respektieren.

Die Fragmente der Vergangenheit beschämen die moderne Landschaft, in der sie überlebt haben.

In der paradiesischen Zukunft fortschrittlicher Träume schwingt die Erdkugel im Rhythmus allgemeiner Kopulation.

Ein industrialisiertes Land ist ein solches, in dem die Flüsse den, der in ihnen badet, nicht ertränken, sondern vergiften.

Der moderne Mensch zerstört mehr, wenn er aufbaut, als wenn er zerstört.

Andere Epochen waren vielleicht vulgär wie die unsere, aber keine hatte den fabelhaften Resonanzboden, den unerbittlichen Verstärker der modernen Industrie.

Die gegenwärtige Menschheit hat den Mythos eines vergangenen goldenen Zeitalters durch den eines zukünftigen Zeitalters aus Plastik ersetzt.

Nach der Tugend hat dieses Jahrhundert das Laster in Verruf gebracht.
Die Perversionen sind zu Vorstadtparks geworden, in denen die sonntägliche Menge sich vertraut bewegt.

Es gibt keine Schande, zu welcher die Angst, nicht modern zu erscheinen, den heutigen Menschen nicht verleiten würde.

Die Winde einer neuen Eiszeit werden nötig sein, um den Spermengeruch hinwegzufegen, der über der Welt zu schweben beginnt.

In unserer Zeit wird der Einzelne einsamer geboren und stirbt endgültiger.

In der modernen Gesellschaft gleichen die Individuen einander täglich mehr – und täglich haben sie miteinander weniger zu tun.
Identische Monaden, die sich mit blindwütigem Individualismus gegenübertreten.

Um irgendwen in Empörung zu versetzen, genügt es heutzutage, ihm vorzuschlagen, er solle auf etwas verzichten.

Die Menschen kommen mit einer von Tag zu Tag größer werdenden Fähigkeit zur Welt, sich perfekt in die Statistiken einzufügen.

Die Höflichkeit ist ein Hindernis für den Fortschritt.

Am offensichtlichsten in jedem modernen Unternehmen ist die Diskrepanz zwischen der Ausgedehntheit und Kompliziertheit des technischen Apparats und der Bedeutungslosigkeit des Endprodukts.

Heute gibt es weder Oberschicht noch Volk; nur arme Plebs und reiche Plebs.

Der Individualismus ist die Wiege der Vulgarität.

Die Industrialisierung kennt eine einzige Alternative: Kapitalismus oder Kommunismus. Die alten, erträglichen Optionen schließt sie aus.

Wenn uns heute gesagt wird, jemand habe keine Persönlichkeit, dann wissen wir, dass es sich um einen einfachen, rechtschaffenen, redlichen Menschen handelt.

Das 19. Jahrhundert lebte mit seiner sexuellen Repression nicht angstvoller als das 20. mit seiner sexuellen Befreiung. Die gleiche Besessenheit, wenn auch mit umgekehrtem Vorzeichen.

Die progressistische Predigt hat so sehr verdorben, dass niemand das zu sein glaubt, was er ist, sondern das, was er nicht zu sein vermochte.

In diesem Jahrhundert der umherziehenden Menschenmengen, die jeden glanzvollen Ort entweihen, ist die einzige Huldigung, die ein respektvoller Pilger einem verehrungswürdigen Heiligtum darbringen kann, die, es nicht zu besuchen.

»Den Mut haben, sich zu akzeptieren« ist eine von vielen modernen Formeln, die die Niedertracht des Menschen verdecken wollen, indem sie das Leichte schwer nennen.

Die bedenklichste der modernen Perversionen ist die Scham, einfältig zu erscheinen, wenn wir nicht mit dem Bösen kokettieren.

Die alltäglichste Art, Selbstmord zu begehen, ist in unserer Zeit die, sich eine Kugel durch die Seele zu schießen.

Die moderne Gesellschaft erniedrigt mit solcher Schnelligkeit, dass wir an jedem neuen Morgen mit Nostalgie des Gegners von gestern gedenken.
Die Marxisten fangen schon an, uns als die letzten Aristokraten des Okzidents zu erscheinen.

»Ein nützliches Glied der Gesellschaft sein« ist der Ehrgeiz – oder die Entschuldigung – einer Prostituierten.

Das »Leben« ist so offensichtlich zum obersten Zweck der modernen Welt geworden, dass wer immer für etwas anderes lebt – und sei es fürs Essen – unsere Sympathie erweckt.

Der Hass auf die Vergangenheit ist eindeutiges Symptom einer Gesellschaft, die verpöbelt.

»Sich begegnen« bedeutet für den Modernen, sich in irgendeiner Kollektivität auflösen.

Die jüngsten Generationen gehen zwischen den Trümmern der abendländischen Kultur umher wie japanische Touristen zwischen den Ruinen von Palmyra.

Die Kosten für den Fortschritt lassen sich in Dummköpfen berechnen.

Auf jedem edelmütigen Gedanken hat der Moderne seinen Fingerabdruck der Verleumdung zu hinterlassen gewusst.

»Aktualität« bezeichnet den Gipfel des Unbedeutenden.

Die Geschwindigkeit, mit der die moderne Gesellschaft ihre Feinde absorbiert, müsste unbegreiflich bleiben, wenn nicht das dem Anschein nach feindliche Gegröle die bloße Forderung nach kaum zu erwartender Beförderung wäre.

Wenn man sieht, wie durch die Arbeit die Welt ausgeschlachtet und dem Erdboden gleichgemacht wird, erscheint einem die Faulheit als die Mutter der Tugenden.

Der moderne Vater ist zu pekuniären Opfern bereit, damit er weder in seinen Kindern fortlebe noch sie an seine Stelle treten oder ihn zum Vorbild nehmen mögen.

Auch die Verwesung ist ein »Wandel«.

Es wird tagtäglich einfacher zu wissen, was wir verachten sollen: was der Moderne bewundert und der Journalist hochlobt.

Die Vulgarität des modernen Artefakts wird es dem zukünftigen Archäologen ermöglichen, es problemlos zu identifizieren.

Die Entscheidungen des völlig freien Menschen sind so mühelos vorhersehbar, dass nichts leichter ist, als ihn auszubeuten.

Die Welt, die es wert wäre, Reisen zu unternehmen, existiert bereits nur noch in alten Reiseberichten.

Wenn der Beweggrund zu einer Entscheidung nicht ökonomischer Art ist, wundert sich der Moderne und bekommt es mit der Angst zu tun.

Die libertären Anwandlungen sind schließlich mit ein wenig promiskuitiver Fickerei zu besänftigen.

Der Pornograph ist der Sprecher der modernen Seele.

Künstlich die Triebe zu wecken, um sich an ihrer Befriedigung zu bereichern, ist das unverzeihliche Verbrechen des Kapitalismus.

Die Grundüberlegung des Progressisten ist wunderhübsch: Das Beste setzt sich immer durch, weil man das Beste nennt, was sich durchsetzt.

Vulgäre Zerstreuung und vulgäre Beschäftigung sind heute die Einzigen, für die man sich nicht zu entschuldigen braucht.

Der »Immoralist« ist in diesem liederlichen Jahrhundert der heroische Angreifer auf Festungen ohne Verteidiger.

Der befreite Mensch wird seine Langeweile zwischen der gespenstischen Bedeutungslosigkeit der Dinge spazieren führen.

Leben ist der einzige Wert des modernen Menschen. Sogar der moderne Held stirbt nur im Namen des Lebens.

Es gibt Epochen, in denen nur der Pöbel eine Zukunft zu haben scheint.

Die moderne Maschine ist jeden Tag komplexer, der moderne Mensch jeden Tag elementarer.

Nachdem sie in einen nordamerikanischen Geist eingezogen sind, bleibt den Ideen ein Coca-Cola-Geschmack.

Die heutige Menschheit stellt sich keine andere Alternative vor als die Unterwerfung der Welt oder den Rücktritt des Menschen.

Die Vulgarität ist kein volkstümliches Produkt, sondern ein Nebenprodukt bürgerlichen Wohlstands.

Der Handwerker ist ein Organismus, der Industriearbeiter ein Organ.

Die sexuelle Promiskuität ist das Trinkgeld, mit dem die Gesellschaft ihre Sklaven beschwichtigt.

Die moderne Seele ist eine Mondlandschaft.

Heute kann man jedes Individuum in Verruf bringen, indem man ihm eine Tugend unterstellt.

Die moderne Industrie ist die Gesamtheit der Aktivitäten, die jenen zu Reichtum und sozialem Aufstieg verhelfen, die nur dienende Stellungen bekleiden dürften.

Der moderne Mensch nimmt bereitwillig jedes Joch auf sich, solange nur die Hand, die es aufzwingt, unpersönlich ist.

Wir können die Dekadenz einer Gesellschaft schildern, es ist aber unmöglich, sie zu definieren.
Wie die zunehmende Demenz eines Blicks.

In einer Umgebung allgemeiner Toleranz wird alles tot geboren.

Das alarmierendste Symptom der Dekadenz ist der Niedergang der Heuchelei.

Man machte Schluss mit den Analphabeten, um die Zahl der Ungebildeten zu vermehren.

Die Kultur geht ihrem Ende zu, wenn die Landwirtschaft aufhört, eine Lebensform zu sein, und zur Industrie wird.

Die frühere Gesellschaft demütigte nur den Ehrgeizigen; in der heutigen Gesellschaft lebt der Demütige gedemütigt.

Es ist nicht einfach zu unterscheiden, ob der zeitgenössische Journalismus das zynische Vorhaben ist, sich zu bereichern, indem man den Menschen herabwürdigt, oder eine »kulturelle« Mission unheilbar ungebildeter Hirne.

Die einzigen Denkmäler, die sich die moderne Welt nicht alle zwanzig Jahre gezwungen sieht, abzureißen, sind die ihrer Feinde.

Der Moderne glaubt fest, dass nur das Unreine authentisch ist.

Wir können schon die Mischung aus Bordell, Verlies und Zirkus vorausahnen, die das Universum von morgen sein wird, wenn der Mensch nicht wieder ein mittelalterliches Universum aufbaut.

In Gesellschaften, in denen sich alle für gleich halten, führt die unvermeidliche Überlegenheit einiger weniger dazu, dass sich die anderen gescheitert vorkommen.

Die vorsätzliche und systematische Originalität ist die zeitgenössische Uniform der Mittelmäßigkeit.

Der moderne Mensch stellt sich keinen höheren Zweck vor als den Dienst an den anonymen Gelüsten seiner Mitbürger.

Die Intelligenz des Fortschrittlers ist nie mehr als der Komplize seiner Karriere.

Je gleicher sich die Menschen fühlen, desto leichter dulden sie, dass man sie als austauschbare Figuren behandelt, ersetzbar und überflüssig.

Reden wir nicht schlecht vom Nationalismus.
Ohne die nationalistische Virulenz würde über Europa und die Welt schon ein technisches, rationales, uniformes Imperium herrschen.
Rechnen wir dem Nationalismus mindestens zwei Jahrhunderte geistiger Spontaneität, freien Ausdrucks der Volksseele, reicher historischer Mannigfaltigkeit zum Verdienst an.
Der Nationalismus war die letzte Zuckung des Individuums angesichts des grauen Todes, der seiner harrt.

Die Menschen drängen sich in der modernen Welt voller Angst zusammen – wie Ratten im Labyrinth eines Versuchslabors.

Vielleicht bleibt dem Globus kein anderes Mittel, als sich im Weltraum wie ein durchnässtes Tier zu schütteln.

Der moderne Mensch nennt Realität das, was eine Wahrnehmung aufnimmt, die sich intentional auf die Erfassung der manipulierbaren Züge der Dinge beschränkt.

Die Menschheit ist in die moderne Geschichte gegangen wie ein Tier in die Falle.

Geiz, Dummheit, Grausamkeit – der Mensch war immer Opfer seiner Fehler.
Der industriellen Gesellschaft war es vorbehalten, ihn zum Opfer seiner Tugenden zu machen.

Wir verwerfen den Kapitalismus nicht, weil er die Ungleichheit fördert, sondern weil er den Aufstieg von niedrigen Menschentypen begünstigt.

Die Hölle ist der Ort, an dem der Mensch alle seine Vorhaben verwirklicht findet.

Der Teufel hat heutzutage eine geometrische Form.

Die Hässlichkeit eines Objekts ist Vorbedingung seiner industriellen Vermehrung.

In der Gesellschaft, die sich abzeichnet, wird uns nicht einmal die enthusiastische Mitarbeit des Sodomiten und der Lesbierin vor der Langeweile retten.

Die Phantasie ist der einzige bewohnbare Platz der Welt.

Die äußerste Immoralität besteht in jedwedem Beitrag zum Fortschritt.

Es ist unnötig, gegen den Strom zu schwimmen, wenn die Wasser auf Katarakte zuströmen.

Die Menschheit sieht mit Schrecken, wie der Fortschritt dabei ist, unheilbar zu werden.

Die Wasser des Abendlandes sind faulig, doch die Quelle ist rein.

Die moderne Welt scheint unbesiegbar. Wie die ausgestorbenen Saurier.

Wir sollten uns nur den Dingen widmen, die bei einem Zusammenbruch unversehrt bleiben würden.

Die Menschheit wird eines Tages feierlich der Ereignisse gedenken, welche die Demontage der Industriegesellschaft eingeleitet haben.

Sich böswillig über die Niederlagen der modernen Gesellschaft zu freuen, bedeutet nicht, die Demütigungen des Menschen zu genießen.
Es heißt, das Scheitern des unseligen Willens zu begrüßen, der sie antreibt.

Dass die »Zivilisationen sterblich sind« ist der größte Trost dessen, der heute lebt.

ZIVILISATION

Die Aristokratien sind die normalen, die Demokratien die Fehlgeburten der Geschichte.

Jede Zivilisation ist ein Dialog mit dem Tod.

Das kulturelle Niveau eines intelligenten Volkes fällt in dem Maße, in dem sein Lebensstandard steigt.

Die Zivilisationen sind sommerliches Insektengebrumm zwischen zwei Wintern.

Der Kristall Zivilisation ist bei einer bestimmten Bevölkerungsdichte schmelzbar.

Disziplin, Ordnung, Hierarchie sind ästhetische Werte.

Die Zivilisation ist die Summe der inneren und äußeren Repressionen, die der formlosen Entfaltung eines Individuums oder einer Gesellschaft entgegengesetzt werden.

Zivilisiert ist die Epoche, die ihre Intelligenz nicht für berufliche Aufgaben reserviert.

Die oberen Klassen sind der Ort, an dem die Gesellschaft sich Sauerstoff zuführt.

Den Menschen befreien heißt, ihn unter das Joch von Habgier und Sex zu zwingen.

Kulturen sind das Werk jener, die dem Menschen ein Ziel jenseits dieser Welt zuweisen.
Ihre Zerstörung ist das Werk derjenigen, die ihn auf ein weltliches Schicksal festlegen.

Nur wenn der wirtschaftliche Erfolg des Einzelnen notwendig seinen sozialen Aufstieg zur Folge hat, gefährdet er die gesellschaftliche Moral.

Zivilisation ist die Disziplin, die eine hohe soziale Klasse einer ganzen Gesellschaft, allein durch ihre Existenz, auferlegt.

Die koloniale Architektur dieses Kontinents ist Teil der Landschaft.
Die spätere Architektur beschmutzt sie bloß.

Die Missachtung der Individualität ist Gegenstand der Erziehung.
Das Vergessen dieser so offensichtlichen Wahrheit ist zum Teil der Grund für das Entstehen des modernen Pöbels.

Solange der Soldat überlebt, wird die völlige Verkommenheit erschwert.

Damit der Stamm der Individualität wächst, muss man verhindern, dass die Freiheit ihn in Zweige verschwendet.

Die Teilnahme an »kulturellen Aktivitäten« unterscheidet den gemeinen vom gebildeten Menschen.

Im Herbst der Kulturen zieht sich der Saft in die trockensten Zweige zurück.

Der Barbar zerstört nur; der Tourist entweiht.

Wenn die Freiheit nicht mehr Unterordnung unter die höchsten Werte der Epoche ist und sich zum Recht wandelt, unsere unbedeutende Individualität auszudrücken, dann ist die Disziplin der sozialistischen Kaserne noch besser.

Je weiter der Umkreis, in dem sich das Individuum bewegt, desto ärmer ist das Milieu, in welchem es lebt.

Dass Gewohnheitsmensch heute ein Schimpfwort ist, beweist unsere Ignoranz in der Lebenskunst.

Es ist nicht ausgeschlossen, gegen die Tyrannei von Vorgesetzten Widerstand zu leisten; gegen die Tyrannei von Gleichen ist nichts zu machen.

Das Wesen eines Besitzes ist die unauflösbare Einheit einer Familie und eines Landgutes.
Der Rest besteht aus verdächtigen und demoralisierenden Besitztümern.

Nichts ist so armselig, wie nicht zuzugeben, wie vielen Überlegenheiten wir begegnet sind.
Die Ungleichheit ist die Erfahrung der wohlgeborenen Seele.

Die literarische und philosophische Kultur, die bis gestern kostspieliger Stolz einer Klasse war, ist heute das Geschäft eines Gremiums.

Der menschliche Schwarm kehrt gehorsam in den kollektiven Bienenstock zurück, wenn die Nacht einer Kultur sich nähert.

Eine gebildete Seele ist, wer sich nur für nicht nutzbare Wahrheiten interessiert.

Vielleicht verbessern religiöse Praktiken nicht das ethische Verhalten, doch sie bessern ganz unbestreitbar die Manieren.

Letzten Endes ist es einzig sinnvoll, politische Vorlieben aus ästhetischen Gründen zu hegen.

Zivilisierte Individuen sind nicht das Produkt einer Zivilisation, sondern deren Ursache.

Die Qualitäten eines Landes sind auf Minderheiten zurückzuführen, seine Mängel auf Mehrheiten.

Da es nur zwei vertretbare Typen von Fest gibt: populäre Lustbarkeit und aristokratischer Pomp, sind die Feste in diesem Jahrhundert der Mittelklasse grotesk.

Der Katholizismus ist die Zivilisation des Christentums.

Eine zivilisierte Gesellschaft ist die, in der körperlicher Schmerz und körperliches Vergnügen nicht die einzigen Argumente sind.

Die Seele verweichlicht und verkommt, wo alles gesagt und alles getan werden kann.

Vornehm ist nur, was dauert.

Die Aufrichtigkeit verdirbt sowohl die guten Manieren als auch den guten Geschmack.

Nur zwei Dinge erziehen: einen Herrn zu haben oder Herr zu sein.

Die Zivilisation ist eine Episode, die mit der neolithischen Revolution geboren wird und mit der industriellen Revolution stirbt.

Wirkliche Freiheit besteht nur dort, wo eine Vielzahl von Herren es erlaubt, leicht von einem zum anderen zu wechseln.

Die Zivilisation lebt, solange sich Spuren aristokratischer Gewohnheiten erhalten.

Zu den wichtigsten kulturellen Leistungen des Katholizismus gehört es, ein der ökonomischen Aktivität ungünstiges Klima geschaffen zu haben.

Im Wiederholen alter Gemeinplätze besteht die eigentliche Aufgabe der Zivilisation.

Etikette, Skrupel, Ritus sind die Finger, die den animalischen Teig des Instinkts zu einer Seele formen.

In der Geste des Haltung-Annehmens sind die Grundbegriffe jeder Erziehung verschlüsselt.
Die gute Erziehung ist die zivile Anpassung der militärischen Disziplin.

Keiner, der nicht in tiefster Seele die Poesie des flüchtenden Monarchen mehr bewundert als die Rhetorik des siegreichen Proletariats.

Die Hierarchien sind himmlisch.
In der Hölle sind alle gleich.

Die Zivilisationen unterscheiden sich radikal untereinander.
Von Zivilisation zu Zivilisation erkennen sich trotzdem die wenigen Zivilisierten einander an einem diskreten Lächeln.

Ich bin wie das Volk: Der Luxus empört mich nur in unwürdigen Händen.

Die Zivilisation ist das Brot der Herberge von Emmaus. Die Kultur ist die unnachahmliche Geste, die es teilt.

Damit das Individuum interessant sei, muss eine Ethik sein Leben komplizieren.

Die Reichen sind nur dort unschädlich, wo eine Aristokratie sie geringschätzt.

Die Kultur lebt, wenn sie Zeitvertreib ist, und stirbt, wenn sie Beruf ist.

Der Grad der Zivilisation einer Gesellschaft misst sich durch die Zahl der Verbeugungen, die im täglichen Umgang üblich sind.

Die bewundernswürdigen Eigenschaften einer Rasse sind gewöhnlich nur der Abdruck einer Zucht, die stolze Minderheiten dem Volk auferlegt haben.

Zwei Bedingungen sind notwendig, damit eine Aristokratie heranwächst: dass die Gesetze es nicht verhindern und dass sie es nicht erleichtern.

Zivilisationen sind Perioden, in denen die Manieren einen Teil der Ethik bilden.

Die Gesellschaft zivilisiert sich nicht unter dem Impuls sonorer Predigten, sondern durch die katalytische Wirkung diskreter Gesten.

Die Paläste verbrennen nicht immer, wenn die Hütten in Brand gesteckt werden, aber das Feuer, das Paläste verzehrt, ergreift Hütten.

Die dem Menschen seine Ketten nehmen, befreien nur ein Tier.

Die über die Jahrhunderte der westlichen Zivilisation entwickelte Tradition der Unterweisung lehrt – auf der griechischen Palästra oder in Benediktinerklöstern –, dass die höhere Bildung weder das Ziel hat, das soziale Verhalten wissenschaftlich zu begründen noch zur Pflege der Originalität beizutragen, sondern natürliche und niedrige Gelüste durch künstliche und noble zu ersetzen.

Jede Zivilisation ist die Summe der Absichten, die sie nicht zum Ziel hatten.
Planmäßiges Produkt einer Absicht zu sein, unterscheidet Esperanto vom Griechischen.

Zivilisiert sein heißt, das kritisieren zu können, woran wir glauben, ohne aufzuhören, daran zu glauben.

Nachdem es unmöglich ist, den Dummkopf zum Schweigen zu bringen, besteht die Zivilisierung darin, ihn dazu zu zwingen, einen Katechismus herzusagen.
Irgendeinen Katechismus.

Die Förderung der Kultur schwächt sie.

Die Zivilisation erscheint als Erfindung einer verschwundenen Art.

Kultiviert ist der Mensch, für den nichts ohne Interesse ist und fast alles unwichtig.

Die demokratische Gesellschaft begnügt sich selbst im besten Fall damit, das Zusammenleben zu sichern.
Die aristokratischen Gesellschaften dagegen errichten auf der menschlichen Scholle einen Palast von Zeremonien und Riten, um den Menschen zu erziehen.

Eine zivilisierte Nation darf nur Skeptikern gestatten, sie zu regieren.

Ein wahrer Aristokrat ist der, der ein inwendiges Leben hat. Was auch immer seine Herkunft, sein Rang, sein Vermögen sei.
Der höchste Aristokrat ist nicht der Feudalherr auf seinem Schloss, sondern der kontemplative Mönch in seiner Zelle.

Die krönenden Tätigkeiten des Geistes erscheinen dem Dummkopf immer parasitär.
Der zivilisatorische Rang einer Gesellschaft lässt sich nur an der Anzahl von Parasiten ermessen, die sie duldet.

In der authentischen Kultur wird die Vernunft zur Sinnlichkeit.

Zivilisation ist, was ein Wunder vor dem Eifer der Regierenden rettet.

Dinge von höchstem Adel existieren, weil einige Menschen überflüssige Dinge nicht verachten.
Die Zivilisation resultiert aus dem, was der fortschrittliche, dynamische, demokratische Bürger geringschätzt.

Eine zivilisierte Gesellschaft ist nicht das Ergebnis menschlicher Vorsätze, sondern deren gegenseitiger Neutralisation.

Wohlerzogen ist der Mensch, der sich entschuldigt, wenn er von seinen Rechten Gebrauch macht.

Gewalt reicht nicht, um eine Zivilisation zu zerstören.
Jede Zivilisation stirbt an der Gleichgültigkeit gegenüber den ihr eigentümlichen Werten, die sie begründen.

Eleganz, Würde, Adel sind die einzigen Werte, die das Leben nicht schlechtmachen kann.

GESCHICHTE

In den Händen des intelligenten Historikers ist die Geschichte der Ort, wo die Wahrheit in Poesie ausbricht.

Die Unterscheidung von Ursache und Wirkung – ein unlösbares Problem der Geschichtsschreibung.

Das »Glücksrad« ist eine bessere Allegorie der Geschichte als die »Evolution des Menschen«.

Alles, was geschieht, nimmt delikaterweise die Form der Notwendigkeit an.

Die Gegenwart bestimmt, was der Historiker sucht, aber nur der große Historiker lässt die Vergangenheit bestimmen, was er entdeckt.

Die Geschichte streift von einem Thema zum anderen, wie der Dumme im Gespräch.

Auch Mentalitäten sind Reiche, die zusammenbrechen.

Die Dummköpfe glauben, dass die Menschheit erst heute bestimmte wichtige Dinge weiß, wo es doch nichts Wichtiges gibt, was die Menschheit nicht von Anfang an wusste.

Das Abendland wird gestorben sein, wenn es nicht mehr die Gegenwart Griechenlands in einer christlichen Seele ist.

»Feudale Anarchie« ist der Spitzname, mit welchem der demokratische Terrorismus die einzige Periode konkreter Freiheit schlechtredet, die die Geschichte kennt.

Die Opfer, über die der demokratische Historiker Tränen vergießt, sind gewöhnlich enthauptete Henker.

Wenn der Staub sich legt, den die großen Ereignisse der modernen Geschichte aufwirbeln, ist der Historiker über die Mittelmäßigkeit der Protagonisten sprachlos.

Um den Dummkopf zu entlarven, gibt es kein besseres Reizwort als mittelalterlich.
Er sieht sofort rot.

In bestimmten Momenten der Geschichte kann die wichtigste Tat das Vergessen des einzigen Manuskriptes eines Textes im Schrank einer Sakristei sein.

Gäbe es historische Gesetze, würde ihre Entdeckung zu ihrer Ungültigkeit führen.

Im Buch des marxistischen Historikers erscheint am Ende die ganze Welt als dumm.

Auch die »Rasse« ist eine Idee, und sie ist auch ein »täglicher Volksentscheid«.

Die bedeutendsten Nationen enden als Ort der Sommerfrische.

Keine einzige Theorie gestattet es, irgendein nicht-dokumentiertes Bruchstück der Geschichte zu rekonstruieren. Das beweist jeder unerwartete Dokumentenfund.

Die Loyalität transzendiert die Geschichte.

Die Konsequenzen seiner Handlungen sind so unvorhersehbar, dass der Mensch schließlich zum bloßen Zuschauer der Geschichte wird, die er macht.

Nur Rom wusste ohne ideologischen Deckmantel zu befehlen.

Der ehrbare Historiker trachtet nur danach, einen fortgesetzten Kommentar zu seinen Quellen abzufassen.

Was der linke Historiker in einer Epoche als zentral betrachtet, ist niemals Thema jener Werke gewesen, die von der Nachwelt bewundert werden.

In der ökonomischen Interpretation der Geschichte kommt eine genuine Überzeugung des Bürgertums zum Ausdruck.

Auch wenn patriotische Historiker sich entrüsten: die Geschichte vieler Länder entbehrt jeglichen Interesses.

Die Utopien einer Epoche verursachen die Gemetzel der folgenden.

Das Adjektiv in einem historischen Bericht muss mit ebensolcher Strenge wie das Komma in einer Ziffer gesetzt werden.

Ein Wörterbuch von zehn Wörtern reicht dem Marxisten, um die Geschichte zu erklären.

Das größte Vergnügen des wahren Historikers ist das Schauspiel einer These, wenn sie mit einer Tatsache zusammenprallt und in tausend Stücke zerschellt.

Der Finalismus ist die nicht wiedergutzumachende Sünde des Historikers.

Die Klassenkämpfe sind Episoden.
Das Gewebe der Geschichte bildet der Konflikt zwischen Gleichen.

Die Ideen der Linken erzeugen die Revolutionen, die Revolutionen erzeugen die Ideen der Rechten.

Generation ist ein inhaltsleeres Wort, wenn es nicht Zeitgenossen eines großen Mannes bezeichnet.

Die Geschichte schwankt zwischen der Unsicherheit der Anekdote und der Bedeutungslosigkeit der Ziffer.

Die Examensarbeit des Historikers soll in dem Begräbnis irgendeiner historischen Verallgemeinerung bestehen.

Allein der Historiker, der über seine Erklärungen lächelt, erscheint uns seriös.

Der Begriff des Fortschritts galt in der Prähistorie.
Die Geschichte dagegen definiert sich genau wie die Periode, in der der Begriff keine Gültigkeit hat.

Das Authentische konzentriert sich in jeder Epoche in bestimmten Ländern.

Der Progressive durchblättert die Geschichte mit dem verächtlichen Finger dessen, der sie enträtselt hat.

Die Historiker geben fast immer zu verstehen, dass sie die Verfallserscheinungen, die sie beschreiben, zu verhindern gewusst hätten.

Wir bilden uns ein, die Geschichte zu erklären, und wir scheitern am Geheimnis dessen, den wir am besten kennen.

Die Revolutionen sind nicht die Lokomotiven, sondern die Entgleisungen der Geschichte.

Bei der Mehrheit der Historiker scheint in den Urteilen die Vorstadt durch, in der sie aufwuchsen.

Ein großer Geschichtsschreiber ist nicht so sehr, wer Mängel an dem bemerkt, was er bewundert, als der, der Tugenden bei dem zugibt, was er verabscheut.

Die Apostel der »geschichtlichen Notwendigkeit« vergessen, dass diese ein Werk derer ist, die sich ihr nicht unterwarfen.

Der Historiker vereinfacht nicht, um zu verstehen, sondern um zu betrügen.

Die »wissenschaftliche Geschichte« misstraut der persönlichen Wahrheit der Memoiren, um der unpersönlichen Lüge der Archive Glauben zu schenken.

Geschichte ist das, was eine Vorstellung rekonstruiert, die fähig ist, sich in fremdes Bewusstsein zu versetzen.
Der Rest ist Politik.

Die Linke stigmatisiert mit dem Ausdruck »weißer Terror« die Perioden, in denen nur Mörder gemordet werden.

Übernimmt der Historiker die Kunstgeschichte als Paradigma der Geschichtsschreibung, urteilt er immer richtig.

Was wir in der Geschichte bewundern, ist nie absichtliche Folge eines Vorsatzes gewesen, sondern zusammenhangloses Resultat.

Launenhafte Voreingenommenheiten eines Historikers stören weniger als seine systematischen Vorurteile.

Marx und Freud machen dem Neid den Blick auf die Geschichte erträglich.

Bestimmte Historiker scheinen anzunehmen, Athen erwecke Interesse, weil es Weizen importierte und Öl exportierte.

Verbeugen wir uns, wenn der Historiker aufzeigt, dass diese oder jene Sache sich ereignete, aber begnügen wir uns mit einem Lächeln, wenn er behauptet, dass sie sich ereignen musste.

Die Französische Revolution scheint dem bewunderungswürdig, der sie schlecht kennt, fürchterlich dem, der sie besser kennt, grotesk dem, der sie gut kennt.

Das Individuum glaubt an den »Sinn der Geschichte«, wenn die vorhersehbare Zukunft seinen Leidenschaften günstig scheint.

Nach einem Jahrhundert zählt nicht, wer gewonnen hat, sondern wer es verdiente zu gewinnen.
Jeder Idiot behauptet das Gegenteil.

Die liberalen, demokratischen, progressiven Meinungen galoppieren durch die Geschichte, eine Spur in Brand gesteckter Zivilisationen hinter sich lassend.

Die Nachwelt ist die winzige Minderheit, der die Vergangenheit wichtig ist.

Wir nennen »Ursprünge« die Grenzen unseres Wissens.

Die Gesellschaften unterscheiden sich nur durch den Status ihrer Sklaven und durch den Namen, den sie ihnen geben.

Das Individuum ist die Klippe der Geschichtsphilosophie.

Was an der Unverschämtheit des Heute gegenüber der Vergangenheit tröstet, ist die vorhersehbare Unverschämtheit der Zukunft gegenüber dem Heute.

Die Geschichte ist nicht der Ort, wo die Antagonismen sich auflösen, sondern wo sie vergessen werden.

TECHNOKRATIE

Der moderne Mensch fürchtet das destruktive Potential der Technik, wo es doch ihr konstruktives Potential ist, das ihn bedroht.

Ab einem gewissen Punkt wird der industrielle Fortschritt von der Notwendigkeit vorangetrieben, die wachsenden Probleme zu lösen, die er verursacht.

Die Dummheit des Einzelnen entspricht in etwa proportional dem Enthusiasmus, den eine Maschine in ihm erwecken kann.

Der größte Triumph der Wissenschaft scheint in der wachsenden Geschwindigkeit zu liegen, mit der der Narr seine Dummheiten von einem Ort zum anderen verschieben kann.

Zuerst befreit jede Erfindung, dann versklavt sie.

Sogar der Schmerz wird trivial, wenn wir ihn für einen physiologischen Prozess anstatt für einen metaphysischen Skandal halten.

Für das Messbare empfänglich sein, ist subaltern.

Die vulgäre Epistemologie der Naturwissenschaften ist ein burlesker Idealismus, in dem das Gehirn die Rolle des Ich übernimmt.

Der Moderne streitet jede metaphysische Dimension ab und hält sich für einen bloßen Gegenstand der Wissenschaft. Aber er schreit, wenn sie ihn als solchen vernichten.

Die Wissenschaft ist auf bestimmten Gebieten das Tribunal, das nur der Dummkopf anruft.

Die biologischen Gesetze allein haben keine Finger, die fein genug sind, um die Schönheit eines Gesichts zu modellieren.

Die moderne Mentalität ist nicht die Erfinderin der Technik, sondern der Zwecke, die sie pervertieren.

Chaos, Gaia, Eros.
Die wissenschaftlichen Lehren von der Entstehung der Welt mussten sich bloß damit zufrieden geben, der Trinität Hesiods weniger pittoreske Namen zu geben.

Die These der Einheit der Wissenschaft ist kein epistemologisches Erfordernis.
Nicht einmal ein intellektuelles Programm.
Sondern angstvolle Verkrampfung angesichts des Geheimnisses.

Technik ist die Nutzung der Wissenschaft durch Ungebildete.

Nur ein von Hand gemachtes Objekt bekommt eine Seele.

Die Erfindung ist heute schon nur mehr eine Abhilfe für die vorhergehende Erfindung.

Die Photographie zeigt uns, wie der Dumme die Welt sieht.

Wie lange wird der Rationalismus noch zulassen, dass die Menschheit ihre Leichen verbrennt, statt sie zu verzehren?

Wenn der Mensch es fertig bringt, einen Menschen herzustellen, wird das Rätsel des Menschen nicht entschlüsselt, sondern verfinstert werden.

Der Determinist verliert die Geduld mit seinen Gegnern, als ob diese zurecht sich frei nennen könnten.
Deterministen sind leicht irritierbar.

Im Spezialisten koexistieren die raffiniertesten Ideen über Fragmente des Universums mit den trivialsten Klischees über dieses Universum.

Die Glaubensbekenntnisse des Wissenschaftlers genügen, um eine Existenz des Metaphysischen zu beweisen.
Ihre Dummheit wäre nicht so offensichtlich, existierte nicht etwas, gegen das sie sich versündigen könnten.

Bald kommt der Moment, in dem beim Denken nur seine Funktionsweise fasziniert.

Weder konkurriert die physikalische Theorie der Farbe mit deren fühlbarer Qualität, noch die stilistische Analyse eines Textes mit seiner ästhetischen Qualität.

Die Technik verstümmelt jede Sehnsucht, die sie erfüllt. Nichts, was sich addieren lässt, hat ein Ende in Fülle.

Die Technik verwandelt letztlich die Welt in einen Ausdruck der Technikerseele.

Unter die Erfindungen des menschlichen Hochmuts schleicht sich am Ende eine ein, die sie alle zerstört.

Es gibt keine Technik zur Produktion eines Wertes.

Unter den Plänen einer zukünftigen zivilisierten Technik wird sicherlich jener hervorstechen, die Nachrichten zu behindern und die Reisen zu erschweren.

Warum sollen wir uns etwas vormachen? – Die Wissenschaft hat keine einzige wichtige Frage beantwortet.

Unsere Wissenschaft ist in jedem Augenblick nur die Hypothese dessen, was bis zu diesem Augenblick kein Experiment falsifiziert.
Die endgültige wissenschaftliche Summe wird nie mehr sein als das geltende Vorurteil in dem Moment, in dem die Menschheit verlischt.

VOM GEIST

Die großen intellektuellen Aufgaben werden nicht von dem gelöst, der sie willentlich in Angriff nimmt, sondern von dem, der bescheiden persönliche Probleme zu lösen versucht.

In den Geisteswissenschaften wird die letzte Mode als der letzte Stand der Wissenschaft angesehen.

»Mensch ohne Vorurteile« bedeutet gewöhnlich Mensch ohne Geistigkeit.

Der intelligente Mensch gibt sich normalerweise solch subtilen Kombinationen hin, dass er die Wahrheit den Tölpeln überlässt.

Es ist unmöglich, in der Welt umherzureisen und zugleich intelligent zu sein.
Die Intelligenz ist eine Angelegenheit von Sitzfleisch.

Wo die Anspielung nicht genügt, erübrigt sich der Dialog.

Es gibt einen Analphabetismus der Seele, den kein Diplom heilt.

Es reicht aus, dass man seinen Unsinn systematisiert, damit er zur Meinung von vielen wird.

Wenn ich höre, wie jemand feierlich das Wort »Vernunft« ausspricht, stelle ich mich immer darauf ein, einen Satz ohne Sinn zu hören.

Das Vorurteil ist das Organ der intellektuellen Aneignung des Universums.

Der intelligente Mensch hält seine Intelligenz auf einer Temperatur, die unabhängig von der Umgebung ist, in der er lebt.

Angewidert davon, immer nur den bequemen Abhang der gewagten Meinung hinunterzugleiten, dringt der Verstand schließlich in die unwegsamen Regionen der Gemeinplätze vor.

Der Marxismus und die Lehre Freuds verneinen die Individualität.
Sexualität und Ökonomie formen denselben gleichförmigen Teig.

Die moderne Mentalität siegt weiter.
Aber seit dem Aufstand der Romantik sind die Totenfeuer der Besiegten die einzigen Triumphe der Geistesgeschichte.

Was nicht Vorurteil ist, ist von Vorurteilen ausgegangen.

Die Universität erzieht, sofern sie den Jugendlichen lehrt, sich für all das zu begeistern, was später nutzlos sein wird.

Zwischen dem gebildeten Menschen und dem Progressiven erlischt bald jeder Dialog.
Der erste schweigt vor so viel Vulgarität, der zweite vor so viel »Obskurantismus«.

Die Feministen sind lächerlich; die Anti-Feministen sind vulgär.

Die Welt duldet nicht mehr systematische Ordnung als die alphabetische Ordnung eines Wörterbuchs.

Der Elfenbeinturm steht in schlechtem Ruf bei den Bewohnern intellektueller Kaschemmen.

Täglich sehen wir die Zahl der Wörter weiter ansteigen, die ihr Gegenteil bedeuten.

Die Leugnung des freien Willens ist stets Ausfluss eines mehr oder minder clandestinen Dogmas.

Intelligente Menschen nehmen überhand, doch nichts ist seltener als eine Intelligenz, die neugierig macht.

Heute, wo man das konkrete Individuum gegen ein typisiertes Schema eintauscht, meint man endlich, es zu kennen.

Man braucht die Probleme von heute nur in einem traditionellen Vokabular anzusprechen, und schon nimmt man ihnen das falsche Prestige.

Und dann erscheint wieder eine Broschüre, die Bibliotheken unter sich begräbt.

Das Unterbewusste fasziniert den modernen Menschen. Weil man dort seine bevorzugten Blödheiten als unwiderlegbare Hypothese unterbringen kann.

Die meisten Leute benutzen Vokabularien, die Sinn nur innerhalb systematischer Zusammenhänge haben, von denen sie nichts wissen.

Es besänftigt, Dummheiten zu klassifizieren und ihre Herkunft zu untersuchen.

Jedes Thema, das in den Zeitungen die Runde macht, geht verdorben daraus hervor.

Die Psychologie ist im eigentlichen Sinne das Studium bürgerlichen Verhaltens.

In einer ehrwürdigen Universität müsste die bloße Erwähnung eines zeitgenössischen Problems verboten sein.

Die Ideen erschrecken und emigrieren von dort, wo man sich entschließt, im Team zu denken.

Auf der Suche nach Kultur begeben sich heute in die Fakultäten der Geisteswissenschaften Massen, die intellektuell für manuelle Arbeiten bestimmt sind.

Wenn die Individualität welkt, blüht die Soziologie.

Hinsichtlich tausend vulgärer Probleme besteht das Intelligente nicht darin, intelligente Meinungen zu haben, sondern gar keine.

Entdecken wir in einem Buch das marxistische Strickmuster, bleibt uns nur, es zu schließen und sanft zu murmeln: Ach ja, die Faulheit!

Unter dem strengen Blick des Demokraten hüpft der heutige Anthropologe rasch, wie über Glut, über die ethnischen Unterschiede hinweg.

Die Rhetorik des schlechten Geschmacks erkennt man an ihrer Verneinung der Transzendenz bei hemmungsloser Benutzung ihres Vokabulars.

Alles, was den Menschen fühlen lässt, dass das Geheimnis ihn umhüllt, macht ihn intelligenter.

Das widerlichste und groteskeste der Schauspiele ist das der Überlegenheit des lebenden Professors über das tote Genie.

Wer sich nicht als Erbe selbst seiner geistigen Widersacher fühlt, empfängt nicht einmal seinen Pflichtteil.

Die Grenzen der Intelligenz anderer erfühlen wir rasch.

Die wirkliche Intelligenz muss nichts tun, um zu befruchten. Ihre Präsenz genügt.

Vorurteile verdummen nur den, der sie für Schlussfolgerungen hält.

Die intellektuelle Unabhängigkeit ist heute unerreichbar für den, der einen freien Beruf ergreift.

Eine These erscheint weniger falsch, nachdem sie widerlegt worden ist.

Die Zweifel des Meisters sind die Gewissheiten des Schülers.

Wer sich weigert, Erbe zu sein, stirbt an intellektueller Entkräftung.

Das verworrene Geschwätz der »Erklärungen« verstummt, sobald eine individuelle Totalität das Wort ergreift.

Wer argumentiert, überzeugt gewöhnlich vom Gegenteil.

Der Preis für einen allzu scharfen Intellekt ist gewöhnlich eine übermäßig stumpfe Seele.

Wir wollen, dass alles beweisbar sei: um zur Wahrheit zu kommen, ohne intelligent sein zu müssen.

Wo keine Beute in Aussicht gestellt ist, gibt es keine wirkliche Redekunst.

Über die »geistige Einsamkeit« beklagt sich nicht die Intelligenz, sondern die Eitelkeit.

Selten ist der offizielle Diskurs, der nicht verkleinert, was er lobt.

Die zwei Flügel der Intelligenz sind die Gelehrsamkeit und die Liebe.

Die Feinde des Mythos sind keine Freunde der Wirklichkeit, sondern der Banalität.

Der Rassist gerät außer sich, weil er insgeheim den Verdacht hegt, dass die Rassen gleich sind; der Anti-Rassist, weil er insgeheim vermutet, dass sie es nicht sind.

Aus den rationalistischen Gefängnissen flüchten wir mit Hilfe der Vernunft, nicht mit Unterstützung des Irrationalismus.

Die Intellektuellen sind das Proletariat des Parnass.

Wenn man statt des Wortes »rational« immer dessen Definition »zweckdienlich« verwendet hätte, hätte man uns Tonnen von Rhetorik erspart.

Weil er die Wachsfiguren, die ihm die Psychologie fabrizierte, für lebendig hielt, hat der Mensch langsam das Wissen über den Menschen verloren.

Die ein soziologisches Vokabular handhaben, stellen sich vor, verstanden zu haben, weil sie klassifizieren.

Wenn wir gut gelaunt unsere Mittelmäßigkeit akzeptieren, lässt uns die Selbstlosigkeit, mit der wir die fremde Intelligenz genießen, fast intelligent werden.

In den Geisteswissenschaften gibt es keine Wahrheit, die nicht zwangsläufig alle acht Tage wiederentdeckt werden müsste.

Lassen wir nicht zu, dass sich jene des Wortes »Erfahrung« bemächtigen, die drei Viertel des auf der Hand Liegenden leugnen.

Der Soziologe sucht nach den Gesetzen eines dynamischen Systems, in dem die Gesetze eine der Variablen sind.

Wer die Lügen anderer Zeiten mit Verachtung entlarvt, lässt sich immer von denen seiner Zeit täuschen.

Der Intellektuelle kocht Ideen aus zweiter Hand und serviert sie kalt.

Jede Idee endet als Prostituierte.

Intellektuelle Vulgarität ist das Wesen jener, die nur zu den Wahrheiten ihrer Zeit fähig sind.

Man kann ungestraft einen großen Mann verachten, vorausgesetzt, man bewundert keinen mittelmäßigen.

Der gebildete Mensch hat die Pflicht, intolerant zu sein.

Die deutsche Geistesgeschichte lehrt, dass der Geist mit Vorliebe in den Seelen weht, die ihre Größe durch ein Leben der grauen Routine erkämpfen.

Unter Intellektuellen ist das Gespräch Austausch fremder Ideen.

Bestimmte Intelligenzen lassen das, was sie berühren, verarmt zurück.

Dieselbe Lehre sollte unter dem mittäglichen Licht und in fahlen Augenblicken dienen.
Nur das ist wahr, was gleichermaßen für die bedrückte oder die erregte Seele gilt.

Die intellektuelle Nachgiebigkeit verroht den Nachgiebigen und erniedrigt den, der nachgiebig behandelt wurde.

Den zu überzeugen, der eigene Meinungen hat, ist leicht, aber niemand überzeugt den, der fremde Meinungen vertritt.

In den Geisteswissenschaften wandeln sich die Modelle ganz schleichend und mit allergrößter Unbefangenheit vom analytischen Handwerkszeug zu Analyseresultaten.

Statt Erklärungen für die Tatsache der Ungleichheit sollten die Anthropologen lieber Erklärungen für den Begriff der Gleichheit suchen.

Mit einer langen Reihe berühmter Namen verwischt der Unwissende die Risse in seinen Gedankengängen.

Tief ist nur die Überzeugung, die ihre Unvernunft kennt.

Die Frau weicht nicht vor einer Idee zurück, sondern vor dem sozialen Druck einer Idee.

Der kritische Geist unterwirft sich unablässig, um sich ebenso unablässig wieder zu befreien.

Nach einigen Minuten Plauderei bleibt von wenigen Personen mehr als ein ausgepresster Tresterkuchen übrig.

Nichts pflegt schwerer zu sein, als nicht so zu tun, als ob man verstünde.

Der Wegfall von fünfundneunzig Prozent aller veröffentlichten Wissenschaftsmonografien würde in nichts den Fortschritt der Wissenschaften beeinträchtigen.

In den Geisteswissenschaften strebt der Spezialist allem voran sehnlichst danach, das Offensichtliche zu quantifizieren.

Der Professor bringt nichts weiter zustande, als die ihm überlieferten Ideen einzubalsamieren.

Der Intellektuelle weiß nichts, er ist in allem auf dem Laufenden.

Eine These erreicht ihre Klarheit erst, wenn ein intelligenter Mensch sie darstellt, der nicht an sie glaubt.

Um eine Schule zu gründen, genügt es in den Humanwissenschaften zuweilen, unfähig zu sein, sich genau auszudrücken.

Die Ideen blühen als siegreiche oder unterdrückte, aber verwelken als tolerierte.

Was »rational« genannt wird, ist die Haltung, die rational betrachtet so grundlos ist wie irgendeine andere.

Die Intelligenz besteht nicht darin, Lösungen zu finden, sondern die Probleme aus den Augen zu verlieren.

LEBENSALTER

Die Jungen sind weniger die Zukunft als die langweilige Wiederholung der Vergangenheit.

Was den Vermerk »nur für Erwachsene« trägt, ist nicht für Erwachsene bestimmt.

Die Kindheit auf dem Land herrschte bis gestern vor.
Aber was können wir von demjenigen erwarten, der in seiner Seele nicht den Geruch feuchter Erde birgt.

Der Erwachsene ist ein Mythos des Kindes.

Die philosophischen Meinungen des Jugendlichen können bestenfalls seine Großmutter interessieren.

Das Bewegendste an den »intellektuellen Nöten« des jungen Menschen sind die Albernheiten, mit denen er sie besänftigt.

Die Universität ist jener Ort, an dem junge Menschen das Schweigen lernen sollten.

Die Probleme jeder »heutigen Jugend« sind todlangweilig.

Die Jungen glauben, dass die Jugend eine Bestimmung sei, wo sie doch nur eine Haltestelle in der Provinz ist.

Die Jugend ist das Versprechen, das jede Generation nicht einlöst.

Den Menschen zu erziehen heißt, ihn an der »freien Entfaltung seiner Persönlichkeit« zu hindern.

Die Seele der jungen Leute würde weniger langweilen, wenn sie sie nicht so sehr zur Schau stellten.

Der Jugendliche verzeiht den Schriftstellern nicht, die sein Vater las.

Die Meinung des Jungen enthüllt nicht, was er denkt, sondern wen er gelesen hat.

Jung sein heißt fürchten, dass man uns für dumm hält; reif sein heißt fürchten, es zu sein.

Die Frechheit des Jünglings sind bloß die Fußtritte des Esels, der sich an seinen Stall gewöhnt.
Anders ist der Übermut des Erwachsenen, der jäh von seinem gekrümmten Rücken die Jahre der Geduld abschüttelt, ein bewundernswertes Schauspiel.

Das Individuum wird erst interessant, wenn es seine Illusionen verliert.

Wenn er mit seinen Hirngespinsten Schluss macht, entdeckt der gewöhnliche Mensch nicht die Wahrheit, sondern die Anziehungskraft der Niedertracht.

Reifen besteht nicht im Verzicht auf unsere Sehnsüchte, sondern im Eingeständnis, dass die Welt nicht verpflichtet ist, sie zu erfüllen.

Ein kluger Erwachsener ist jener, in dem das Kind weiterlebt und der Jüngling stirbt.

Ist die Jugend einmal vorüber, wird Keuschheit weniger zum ethischen Problem als zur Frage des guten Geschmacks.

Wenn wir niemals einer Mode gefolgt wären, könnten wir ohne Melancholie alt werden.

Reife besteht in der Fähigkeit, mit unverwechselbarem Schritt auf ausgetretenen Bahnen zu wandeln.

Es gibt keine Alten mehr, sondern gebrechliche Jugendliche.

Ab einem gewissen Alter sollten wir einander nur noch im Halbdunkel betrachten.

Wer gegen das Altern kämpft, altert bloß ohne zu reifen.

Heute ist der alte Mensch so nutzlos wie das alte Tier.
Wo es keine Seele gibt, die die Jahre vielleicht adeln, bleibt nur ein unabwendbar erniedrigter Körper.

PHILOSOPHIE

Die Geschichte der Philosophie ist der Wortschatz, der es erlaubt, von Interessantem zu sprechen.

Die Philosophie dankt ab, wenn sie aufhört, einfache Fragen zu stellen.

Der Philosoph, der sich auf einen öffentlichen Platz hinausbegibt, endet damit, dass er Heilmittel verkauft.

Wenn der Philosoph die Führung abgibt, übernimmt sie der Journalist.

Philosophieren heißt nicht Probleme lösen, sondern sie auf einem bestimmten Niveau leben.

In den Universitäten überwintert die Philosophie nur.

Die *dramatis personae* der Metaphysik sind real, aber was die Metaphysiker uns von ihnen erzählen, ist Erfindung.

Die Existenz des Irrtums zuzugeben, heißt, die Realität des freien Willens zu bekennen.

Wir sind gewohnt, Wahrheiten, die sich gegenseitig ergänzen, antagonistisch zu nennen.

Determinismus und Voluntarismus sind nicht gegensätzliche Thesen, sondern symmetrische Irrtümer.

In den Engpässen der Epistemologie ruhen die Kadaver der Materialismen.

Der Mensch kann sich sowohl zu Freiheit und Kultur als auch zu Sklaverei und Ignoranz »entfremden«.

Die Philosophie, die dem Problem des Bösen ausweicht, ist ein Ammenmärchen für dumme Kinder.

Niemals gab es einen Konflikt zwischen Vernunft und Glauben, sondern zwischen zwei Glaubensrichtungen.

Ohne die Philosophie wissen die Wissenschaften nicht, was sie wissen.

Die Theodizeen sind Plädoyers vermeintlicher Anwälte Gottes vor dem grotesken Gerichtshof der menschlichen Intelligenz.

Die Philosophen beginnen mit Philosophie und enden in Rhetorik.

Letztendlich schafft es kein System, systematisch zu sein.

Bevor er sich über die Astronomie Hegels lustig macht, sollte sich der Wissenschaftler das Lächeln Hegels vorstellen, wenn er ihn über Philosophie sprechen hörte.

Je größer die Bedeutung einer intellektuellen Tätigkeit, desto lächerlicher die Anmaßung, die Fähigkeit dessen, der sie ausübt, zu garantieren.
Ein Zahnarztdiplom ist respektabel, das des Philosophen grotesk.

In der Philosophie ist der, der sich verteidigt, besiegt.
Zwei gegensätzliche philosophische Thesen ergänzen sich, aber nur Gott weiß, wie.

Die Geschichte der Philosophie besitzt die Monotonie eines Pendels.

Alle paar Jahrhunderte ist die Philosophie gezwungen, sich wieder auf den Menschen zu berufen.

Das Vergnügen, mit dem wir durch die Schneise rennen, die ein System uns ins Gehölz geschlagen hat, lässt uns vergessen, dass zu beiden Seiten der Urwald unversehrt geblieben ist.

Der Dummkopf kommt nicht aus den verbindenden Ideen hinaus.

Die meisten Philosophen sind Hindernisse, die man durch Änderung der Route umgehen kann, aber einige wenige sind Gebirgszüge, die man unvermeidlich überqueren muss.

Die Philosophie löst kein einziges wissenschaftliches Problem; die Wissenschaft hinwiederum löst kein einziges philosophisches Problem.

Unverzeihlich bei einem Philosophen: wenn die Wissenschaft ihn blendet und die Technik ihn erleuchtet.

Zwischen zwei Theorien, die einander widersprechen, muss man sich entscheiden; den Widerspruch zweier Evidenzen gilt es auszuhalten.

Der Wert einer Metaphysik ist abhängig von ihrer Poesie.

Eine Philosophie ist fruchtbarer, wenn sie ein intellektuelles Klima schafft, als wenn sie uns einen Corpus an Doktrinen hinterlässt.

Philosophische Thesen sterben nicht als widerlegte Unsinnigkeiten, sondern wie ein melancholischer Hafen, der im Landesinnern versandet ist.

CHRISTENTUM

Die Vernunft ist kein Stellvertreter des Glaubens, so wie die Farbe kein Vertreter des Klanges ist.

Die Türme der Kirche von heute hat der progressive Klerus nicht mit dem Kreuz, dafür aber mit der Wetterfahne geziert.

Glaubt man nicht an Gott, ist das einzig Anständige der vulgäre Utilitarismus.
Alles Übrige ist Rhetorik.

Bei der Mehrzahl der Leute ist es einem heutzutage lieber, wenn sie feindselig von der Religion sprechen.

Die »Gerechtigkeit« ist eine gnostische Vorstellung.
Die Christen flehen um Erbarmen.

Der religiöse Progressismus ist das Bestreben, die christlichen Lehren den von den Nachrichtenagenturen und Werbeagenten favorisierten Meinungen anzupassen.

Der Unglaube ist nicht Sünde, sondern Strafe.

Wenn der Mensch sich in die Immanenz einschließt, werden die menschlichen Konflikte zu Krawallen im Zoo.
Skeptiker oder Katholik: der Rest vergeht mit der Zeit.

Dass das Christentum als Verschwörung von Proletariern entstanden sei, kann nur glauben, wer meint, dass der Reichtum sein Herz ausfüllen würde.

Das Christentum ist eine Unverschämtheit, die wir nicht als Liebenswürdigkeit tarnen dürfen.

Als Christus starb, hinterließ er keine Dokumente, sondern Jünger.

Wer die Theologie nicht allzu ernst nimmt, auf den wirkt der religionsgeschichtliche Kompost, auf dem das Christentum Wurzeln geschlagen hat, nicht beängstigend, sondern faszinierend.

Das Scheitern des Christentums ist christliche Doktrin.

Selbst wenn es ihm gelänge, seine verwegensten Utopien zu verwirklichen, würde der Mensch eine jenseitige Bestimmung ersehnen.

Der Protestantismus gab den Auftakt zu jener Verinnerlichung des Christentums bis hin zur reinen Idiosynkrasie, die es erlaubt, den Einzelnen nach seiner Religion zu fragen, nachdem man ihn nach seiner Lieblingsfarbe und bevor man ihn nach der von ihm am meisten bewunderten Schauspielerin fragt.

Wenn man einer Wahrheit die Maske vom Gesicht reißt, stößt man auf ihr christliches Angesicht.

Zwischen dem Skeptizismus und dem Glauben gibt es keinen Konflikt, sondern einen Pakt gegen den Betrug.

Der Mensch wird letztlich angetrieben von den Beweggründen, die man ihn zu haben heißt.
Eine Bestie, wenn man ihm sagt, seine Seele werde wie die der Bestien sterben; ein beschämtes Tier, zumindest, wenn man ihm sagt, er habe eine unsterbliche Seele.

Ich ziehe den skandalösen Wundertäter der Evangelien dem Professor für soziale Ethik vor, den der moderne Klerus ersonnen hat.

Ich sympathisiere weniger mit dem katholischen Temperament als mit dem Temperament dessen, der mit dem Katholizismus sympathisiert.

Im Mythos von der Natur haben all jene ein Obdach gefunden, die zu stolz waren, um auf die Knie niederzufallen, und zu klug, sich aufzublähen.

Nichts Gefährlicheres für den Glauben, als mit Gläubigen Umgang zu haben.
Der Ungläubige kräftigt unseren Glauben.

Der Katholik, den das Los der Kirche mit Besorgnis erfüllt, hat aufgehört, Katholik zu sein.

Die Götter sind Landbewohner, die die Menschen nur bis zu den Toren der großen Städte begleiten.

In der Absicht, der modernen Welt die Arme zu öffnen, öffnete die Kirche ihr die Beine.

Wenn der Historiker entdeckt, dass sich in einem christlichen Heiligen ein heidnischer Gott versteckt hat, hören alle auf, an den Heiligen zu glauben.
Ich beginne an den Gott zu glauben.

Der Linkskatholizismus ist die Prätention, Thesen zu taufen, die sich nicht bekehrt haben.

Nachdem sie nicht erreicht hat, dass die Menschen praktizieren, was sie lehrt, hat die gegenwärtige Kirche beschlossen, zu lehren, was sie praktizieren.

Das Nichts ist der Schatten Gottes.

Die Rolle des Christen in der Welt ist die größte Sorge des neuen Theologen.
Eigenartige Sorge, da das Christentum lehrt, dass dem Christen in der Welt keine Rolle zukomme.

Der einschneidende Irrtum der Kirche bestand nicht darin, Galileo Galilei zu verurteilen, sondern seiner These Bedeutung beizumessen.

Nur die Religion kann populär sein, ohne vulgär zu sein.

Wer einen Ritus reformiert, verletzt einen Gott.

Der Mensch besitzt nur Bedeutung, wenn es wahr ist, dass ein Gott für ihn gestorben ist.

Die Frauen, die die neue Liturgie dazu verleitet, das paulinische Verbot zu verletzen, sprechen in der Kirche immer mit näselnder und schriller Stimme.

Die Ästhetik verkommt in der Soziologie und erblüht in der Religion.

Wenn der Mensch sich nicht von den Göttern in Zucht nehmen lässt, nehmen ihn die Dämonen in Zucht.

Dass das Christentum die sozialen Probleme nicht löst, ist nur für diejenigen Grund, abtrünnig zu werden, die vergessen, dass es niemals versprach, sie zu lösen.

Der Respekt vor allen Religionen ist irreligiös. Wer glaubt, verehrt keine Idole.

Der Glaube des Reichen irritiert den linken Katholiken, weil nur der Glaube dessen, der mit irdischen Gütern überhäuft ist, außer Verdacht steht, bloß kompensatorische Ideologie zu sein.

Tiefen Glauben hat nur der betende Skeptiker.

Gott ist der Begriff, mit dem wir dem Universum mitteilen, dass es nicht alles ist.

Das Christentum ist keine Doktrin für die Mittelklasse. Weder für eine ökonomische Mittelklasse noch für eine intellektuelle Mittelklasse.
Es hat folglich keine Zukunft.

Für den Christen von heute war die Kreuzigung ein bedauerlicher Justizirrtum.

Das einzige Respekt erheischende Unternehmen des Menschen wäre, auf allen Hügeln Klöster zu errichten.

Das Wort »Menschlichkeit« im Munde eines Katholiken ist Zeichen des Abfalls vom Glauben, im Munde eines Ungläubigen Vorzeichen von Gemetzeln.

Für den progressiven Katholiken ist das Gebet eine Ermahnung an sich selbst.

Früher griffen die Narren die Kirche an, heute reformieren sie sie.

Die Existenz einer Unbeschuhten Karmeliterin beleidigt den Ungläubigen ernsthafter als die gewerkschaftliche Aktivität eines Priesters.

Der fortschrittliche Klerus tadelt die »Ghettomentalität« des heutigen Altchristen.
Diese Kleriker ziehen die Handels- und Börsenaktivität des modernen Juden dem Ghetto vor, in dem die Treue Israels blühte.

Die Religion ist das Zittern, welches die Erschütterung unserer Wurzeln unseren Zweigen übermittelt.

Glauben heißt in die Eingeweide dessen eindringen, was wir bloß wussten.

Die Kirche hat zu viele Ordensbrüder, es fehlen ihr Ordensritter.

Alles, was den Menschen demütigt, freut jene, die glauben, dass er für höchste Ziele taugt.

Selbst wenn uns die Demut nicht vor der Hölle rettet, rettet sie auf jeden Fall vor der Lächerlichkeit.

Die Orthodoxie ist die Spannung zwischen zwei Irrlehren.

Weder gründet die Religion in der Notwendigkeit, die Solidarität in der Gesellschaft zu sichern, noch wurden die Kathedralen gebaut, um den Tourismus zu fördern.

Der Skeptizismus ist die asketische Nachtwache vor dem Kreuzzug.

Das Christentum hat nie gelehrt, dass die Geschichte einen Zweck habe.
Sondern ein Ende.

Meine Überzeugungen sind die eines alten Weibes, das im Winkel der Kirche seine Gebete murmelt.

ALLZUMENSCHLICHES

Die Strafe dessen, der sich sucht, ist, dass er sich findet.

Wenn der Mensch die Riten aufgibt, wird er zum Tier, das kopuliert und frisst.

Der veraltete Konformismus ist das Ärgernis des herrschenden Konformismus.

Der Mensch ist ein erziehbares Tier, solange er nicht in die Hände progressiver Pädagogen fällt.

Der Egalitäre ist der Ansicht, Höflichkeit sei ein Eingeständnis der Unterlegenheit.
Unter Egalitären markiert die Grobheit den Rang.

Wissentlich Dummheiten zu äußern wagt nur, wer viele Zuhörer hat.

So uneigennützig der Grund eines Rebellen sei, seine Rebellion bricht normalerweise aus, weil seine Eitelkeit Schrammen abbekommen hat.

Der Dummkopf stellt sich vor, dass die Wonne, Regeln zu brechen, unbeschreiblich wächst, wenn man die Regeln selbst abschafft.

Die Eugenik entsetzt diejenigen, die ihr Urteil fürchten.

Es gibt Seelen, die spontan gegen jeden Schatten der Schönheit anbellen.

Um einer männlichen Konfrontation mit dem Nichts aus dem Wege zu gehen, errichtet der Mensch dem Fortschritt Altäre.

Zynismus ist kein Zeichen von Scharfsinn, sondern von Ohnmacht.

Der Mensch bewundert aufrichtig nur das Unverdiente. Talent, Abstammung, Schönheit.

Die Ehre ist der Skandal der Ethik.

Der Optimist lebt am Ende von der schlechten Laune.

Solange ihn seine Leidenschaften nicht versklavt haben, fühlt sich der Mensch nicht frei.

Die Trivialität ist nie das, was man fühlt, sondern was man sagt.

Der »Paternalismus« erzürnt die Söhne unbekannter Väter.

Die Treue ist die einzige Tugend, so wie der Verrat im Grunde die einzige Sünde ist.

Nichts leichter als eine edle Seele zum ersten Mal zu hintergehen.

Der Mensch versichert, dass das Leben ihn herabwürdigt, um zu verbergen, dass es ihn lediglich enthüllt.

Unter Verfechtern des Egalitarismus – handle es sich nun um Individuen oder um Nationen – erreicht der Untergeordnete sogar, dass man ihn einlädt, aber nie, dass man ihn anhört.

Minderheiten, die sich zu Mehrheiten wandeln, halten sich weiterhin für tapfer.

Eine »ideale Gesellschaft« wäre der Friedhof menschlicher Größe.

Der Christ lebt mit der Bitte um Vergebung, der Sozialist mit der Bitte, man möge ihm einen Preis verleihen.

Das Individuum erklärt sich zum Teil irgendeines Kollektivs, mit dem Ziel, in dessen Namen einzufordern, was es im eigenen Namen aus Scham nicht verlangen würde.

Der Reichtum erleichtert das Leben, die Armut die Rhetorik.

Niemand weiß genau, was er will, solange sein Gegner es ihm nicht erklärt.

Individuen und Nationen haben unterschiedliche Tugenden und gleiche Defekte.
Die Gemeinheit ist unser gemeinsames Erbe.

Das Bewusstsein entdeckt seine Freiheit, wenn es sich gezwungen fühlt, zu verwerfen, was es gutheißt.

Wenige begreifen, dass das, was sie sagen, nur wichtig wäre, wenn andere es sagen würden.

Dauerhafte Freundschaften benötigen normalerweise geteilte Schändlichkeiten.

Die Idee der »freien Entfaltung der Persönlichkeit« scheint ausgezeichnet, solange man nicht auf Individuen stößt, deren Persönlichkeit sich frei entfaltet hat.

Der Einfältige beunruhigt sich nicht, wenn man ihm sagt, dass seine Ideen falsch sind, sondern wenn man ihm nahelegt, sie seien aus der Mode gekommen.

Die Zukunft ist abstoßend, weil nichts den Schwachkopf hindert, dort seine Träume unterzubringen.

Als gesund gelten dem Psychiater nur vulgäre Handlungsweisen.

Die Gesellschaft bewundert ohne Heuchelei nur die Intelligenz, die niedere Triumphe erzielt.

Die Menschen sind dem zutiefst dankbar, der etwas Erhabenes schlechtredet.
Der Dummkopf braucht, um perfekt zu sein, etwas Bildung.

Die Leute haben die geheimnisvolle Macht, die Wahrheit, der sie Beifall klatschen, in Irrtum zu verwandeln.

Die Lust ist das lächerliche Aufblitzen der Berührung zwischen der Begierde und der Nostalgie.

Nichts kommt dem Wohlklang eines edelmütigen Verzichts gleich.

Die Unverletzbarkeit ist das Privileg der verkommenen Seele.

Nichts ist abstoßender als das, was der Dummkopf »eine harmonische und ausgeglichene sexuelle Aktivität« nennt. Die hygienische und methodische Sexualität ist die einzige Perversion, die die Dämonen ebenso verabscheuen wie die Engel.

Die Liebe ist das Organ, mit dem wir die unverwechselbare Individualität der Wesen wahrnehmen.

Der Egoismus des Dummkopfs ist der Schutzwall seiner Nächsten.

Wer nicht an Mythen glaubt, glaubt an Lügen.

Nur die Loyalität zu einem Menschen befreit uns von aller Selbstgefälligkeit.

Die moralische Entrüstung ist nicht wirklich aufrichtig, solange sie nicht buchstäblich in Erbrechen mündet.

Die Tugend kann ein monotones Schauspiel sein, doch letzten Endes ist sie die einzig vergnügliche Übung.

Tiefe Überzeugungen werden stillschweigend übermittelt.

»Freiheitsanbeter« ist das Pseudonym des Egoisten.

Wer nicht unerschrocken zu verurteilen versteht, weiß nicht, furchtlos wertzuschätzen.

Es genügt, dass die Empfindung auf sich selbst achtet, damit sie verkommt.

Wer alte Missbräuche anprangert, ist gewöhnlich weniger anständig und weniger sympathisch, als wer sie genießt.

Anstand besitzt nur, wer mit Nachdruck die Meinungsverschiedenheiten betont.

Die Geschmacksverkalkung verdirbt den Geschmack weniger als die Geschmackserweichung.

Das Leben hüllt den Einzelnen alsbald ins Leichentuch der Tagesthemen.

Sich selbst zu verurteilen ist nicht weniger anmaßend als sich selbst die Absolution zu erteilen.

Man vergeht sich nicht am Geschmack durch das, was einem gefällt oder was man verabscheut, sondern durch das, was man fälschlicherweise auf eine Stufe stellt.

Ein ehrbarer Mensch ist der, der sich selbst die Anforderungen auferlegt, welche die Umstände nicht an ihn stellen.

Nichts rührt den Bürger mehr als der Revolutionär eines fremden Landes.

Die nationalistische Xenophobie bewahrt die Unversehrtheit köstlicher Speisen für die, die weder Nationalisten noch xenophob sind.

Die kein Talent besitzen, sollten so eitel sein zu schweigen.

Wer Verlangen danach verspürt, seine Beschränktheit zu messen, der zähle die Anzahl der Dinge, die ihm einleuchtend erscheinen.

Die Ethik begeistert den Ungläubigen, während der Gläubige sich mit der Moral bloß abfindet.

Wenn die Liebe ihre vollkommene Reife erlangt, ist die Unzüchtigkeit ihr einziger hinreichender Ausdruck.

Die Vergebung ist die sublime Form der Verachtung.

Erfolg an sich ist nicht schon verächtlich. Aber es ist nicht wichtig, Erfolg zu haben.

Die Armut ist die einzige Schranke für die Herde von Gemeinheiten, die in den Seelen wiehern.

Jede Sache, die rentabel wird, fällt in gemeine Hände.

Dass es eine Kollektivseele gibt, entdeckt man, wenn man ein Kollektiv sieht, in dem sie gestorben ist.

POLITIK

Recht haben heißt in der Politik nicht die Szene beherrschen, sondern vom ersten Akt an die Leichen des fünften vorhersagen.

In der Inkonsequenz einer politischen Verfassung besteht die einzige authentische Garantie für Freiheit.

Alles kann dem Elend des Volkes geopfert werden. Nichts darf seiner Habgier geopfert werden.

Wer die intellektuelle Beschränktheit des Politikers anprangert, vergisst, dass er ihr seine Erfolge verdankt.

Die Revolutionen entsetzen, aber die Wahlkampagnen ekeln einen an.

Die Unruhen im Volk sind ohne Bedeutung, solange sie sich nicht in ethische Probleme der machthabenden Klassen verwandeln.

Keine soziale Klasse hat die anderen unverschämter ausgebeutet als die, die sich heute selbst »Staat« nennt.

Das Gesetz ist der Embryo des Terrors.

Der Akt, durch den ein Individuum seiner Güter beraubt wird, heißt Raub, wenn ein anderes Individuum ihn begeht. Und soziale Gerechtigkeit, wenn eine ganze Gruppe es plündert.

Die Regierenden, die nur eine Minderheit repräsentieren, müssen die Zivilisation erfinden, um nicht unterzugehen.
Die Delegierten einer Mehrheit hingegen können ungestraft obszön, plump, grausam sein. Je größer die Mehrheit ist, die sie stützt, umso unvorsichtiger, intoleranter, rücksichtsloser gegen die menschliche Vielfalt ist die Regierung.
Wenn die Regierenden sich für die Sachwalter der ganzen Menschheit halten, nähert sich der Terror.

Die Bourgeoisie erreichte als Konsequenz ihrer langen und intensiven revolutionären Betätigung, dass sie statt von ihren Vorgesetzten von ihren Untergebenen regiert wird.

Die Plebs verliert stets, die Chefs der Plebs gewinnen immer.

Der moderne Staat ist ein Pädagoge, der seinen Schülern nie das Reifezeugnis verleiht.

Die politische Literatur von gestern ist noch von Interesse, weil sie Disput im Bahnhof war.
Die heutige ist ohne Interesse, denn sie ist Kolloquium im Zug.

Von den »Menschenrechten« verteidigt der moderne Liberalismus schon nur mehr das Recht auf Konsum.

Dem modernen Menschen ist es gleichgültig, in seinem Leben keine Freiheit zu finden, wenn er sie in den Reden jener verherrlicht findet, die ihn unterdrücken.

Die Gesellschaft verwandelt sich in eine Hybride zwischen Gefängnis und Asyl, wenn das Glück des Staatsbürgers Ziel des Regierenden ist.

»Soziale Gerechtigkeit« ist der Begriff, um Anspruch auf irgendeine Sache zu erheben, auf die wir kein Recht haben.

Dem Volk hält nur der eine Lobrede, der vorhat, ihm etwas zu verkaufen oder zu rauben.

Die despotischen Entscheidungen des modernen Staates trifft zu guter Letzt ein anonymer, kleinmütiger und wahrscheinlich gehörnter Bürokrat.

In einem gesunden Staat hemmen zahllose Hindernisse die Freiheit des Gesetzgebers.

Der Politiker muss das Volk überzeugen, dass alle Probleme »soziale« Probleme sind, um es versklaven zu können.

Die sterbenden Gesellschaften häufen Gesetze an wie die Sterbenden Heilmittel.

Die Schirmherrschaft über die Armen zu übernehmen war in der Politik immer das sicherste Mittel, sich zu bereichern.

Die Konservativen der Gegenwart sind nicht mehr als von der Demokratie misshandelte Liberale.

Durch das allgemeine Wahlrecht den Launen des Volkes ausgeliefert zu sein – das bezeichnet der Liberalismus als Garantie der Freiheit.

Die Freiheit ist das Metall, aus dem die Gitter geschmiedet werden.

Die Revolutionen lösen nicht mehr Probleme als das ökonomische Problem ihrer Chefs.

Die Reformer sind bevorzugte Opfer des Mobs, der durch deren Reformen mutig geworden ist.

Ein Volk, das sich erhebt, brüllt zunächst; dann besäuft es sich, raubt, mordet und legt sich dann wieder schlafen.

Wenn die Europäer auf ihre Partikularismen verzichten, um den »guten Europäer« zu zeugen, so sollten wir die Befürchtung hegen, dass sie bloß einen zweiten Nordamerikaner hervorbringen.

Der Bürgerliche übergibt die Macht, um das Geld zu retten; danach übergibt er das Geld, um seine Haut zu retten; schließlich hängen sie ihn.

Im Exil zu sterben ist eine Garantie dafür, nicht völlig mittelmäßig gewesen zu sein.

Zu wissen, welche Reform die Welt braucht, ist das einzige eindeutige Symptom der Dummheit.

Der Mensch reift, wenn er aufhört zu glauben, dass die Politik seine Probleme löst.

Wo es nur noch Volk gibt, ist der Tyrann sicher.

Das Volk trifft zuweilen ins Schwarze, wenn es erschrickt; doch täuscht es sich stets, wenn es sich begeistert.

Die Monarchen beinahe jeder Dynastie sind derart medioker geworden, dass sie wie Präsidenten wirken.

Der Friede gedeiht nur zwischen sterbenden Völkern.

Der Kult der Menschheit wird mit Menschenopfern gefeiert.

Jede nicht hierarchische Gesellschaft teilt sich in zwei.

Den Liberalen erschüttert die Hinrichtung des Mörders mehr als der Tod des Ermordeten.

Wer sich als »apolitisch« deklariert, ist verschämter Anhänger der besiegten Sache.

Liberal nennt sich ein Individuum, das öffentlich die Meinung nicht zu äußern wagt, die es privat über die Demokratie hegt.

Eine politische Verfassung dauert nicht, weil sie gut ist,
sondern ist gut, weil sie dauert.

Die öffentliche Meinung ist heute nicht die Summe
persönlicher Meinungen.
Die persönlichen Meinungen sind im Gegenteil Echo
der öffentlichen Meinung.

Selig der Bewohner einer schläfrigen Gesellschaft.

Die Launen der inkompetenten Masse nennt man öffentliche Meinung, die Urteile des Experten Privatmeinung.

Die soziale Rettung kommt näher, wenn ein jeder gesteht, dass er nur sich selbst retten kann.
Die Gesellschaft rettet sich, wenn ihre Retter verzweifeln.

Die einzige Garantie für unsere Freiheit besteht in den Barrikaden, die die anarchistische Seite der Welt gegen den Imperialismus der Vernunft errichtet.

Die Gesellschaft der Zukunft: Sklaverei ohne Herren.

DER DEMOKRAT

Die Kulturen sind Gebäude, die aristokratische Hände errichten und die Demokratien mit Gewalt niederreißen.

Die Demokratie ist die politische Regierungsform, in der der Bürger die öffentlichen Interessen denjenigen anvertraut, denen er niemals seine privaten Interessen anvertrauen würde.

Die Wahlstrategie des Demokraten basiert auf einer verächtlichen Vorstellung vom Menschen, die völlig im Widerspruch steht zu der schmeichelhaften Vorstellung, die er in seinen Reden ausposaunt.

Die Rhetorik ist die einzige Blume des demokratischen Gartens.

Der Demokrat liest in den Meinungsumfragen, als seien es heilige Schriften.

Die demokratischen Parlamente sind nicht Orte der Diskussion; hier zeichnet der populäre Absolutismus seine Erlasse auf.

Der demokratische Hauslehrer lehrt, dass der Demokrat nur tötet, weil seine Opfer ihn dazu zwingen.

Der Demokrat ist nicht der Ansicht, dass seine Kritiker Unrecht haben, sondern dass sie Blasphemie betreiben.

Die Liebe zum Volk ist eine aristokratische Berufung.
Der Demokrat liebt es nur im Wahljahr.

Der, der nicht jedem Einzelnen das Seine zu geben weiß, beschließt, allen das Gleiche zu geben.

In einer Demokratie kostet ein »Mann von Prinzipien« nur unwesentlich mehr.

Die Demokratie Athens begeistert nur jene, die die griechischen Geschichtsschreiber nicht kennen.

Geifer ist das Schmierfett demokratischer Gesellschaften.

»Von Gottes Gnaden« zu sein, schränkte die Macht des Monarchen ein; der »Volksvertreter« ist der Repräsentant des absoluten Absolutismus.

Der demokratische Politiker verkauft sich immer.
Den Reichen bar.
Den Armen auf Raten.

Die Freiheit des Buchdrucks ist die erste Forderung der entstehenden und das erste Opfer der reifen Demokratie.

Der Amtsmissbrauch und die Bestechung sind in demokratischen Zeiten die letzten Schutzräume der Freiheit.

Grundpostulat der Demokratie: Das Gesetz ist das Gewissen des Staatsbürgers.

Der Demokrat entrüstet sich darüber, dass seine Opfer sich entrüsten.

Nichts ist der Macht verboten, falls ihr Ursprung sie legitimiert, wie der Demokrat es lehrt.

Je ernster die Probleme, umso größer die Zahl der Unfähigen, die die Demokratie zu ihrer Lösung aufruft.

Die Demokratie ist »elitär«. Immer will sie wählen, auch wenn sie immer schlecht wählt.
Monarchie und Aristokratie nehmen den genetischen Zufall einfach hin.

Die Wirkung der demokratischen Rhetorik auf den Geschmack heißt Ekel.

Der Demokrat ist dazu imstande, selbst sein Interesse seinem Ressentiment zu opfern.

Die Demokraten beschreiben eine Vergangenheit, die nie existiert hat, und sagen eine Zukunft vorher, die sich nie verwirklicht.

Die Demokratie spricht nur die Organisatoren von Massakern heilig.

Wird einem Demokraten ein Finger brandig, dann fällt ihm nur ein, ein Gesetz zu verlangen, das das Abschneiden aller Hände anordnet.

Der demokratische Intellektuelle kann nur zwischen den Möglichkeiten wählen, Diener der Bourgeoisie oder Sklave des Proletariats zu sein.

Dem Demokraten genügt es nicht, dass wir respektieren, was er mit seinem Leben machen will, er verlangt darüber hinaus, dass wir respektieren, was er mit unserem machen will.

Um die Argumente des Reaktionärs zu widerlegen, fällt dem Demokraten nur ein, dass es Argumente eines Reaktionärs seien.

Die Demokraten teilen sich in solche, die die Perversität für kurierbar halten, und solche, die leugnen, dass es sie gibt.

Was die Nachwelt unbewusst an der Demokratie Athens bewundert, sind die überlebenden aristokratischen Ideale, die sie zerstört.

Die Demokratie vertraut die Macht dem nicht an, der ihr nicht die Huldigung erweist, ihr Gewissen und Geschmack zum Opfer zu bringen.

Die demokratischen Revolutionen beginnen die Hinrichtungen mit der Ankündigung, dass sie die Todesstrafe bald abschaffen werden.

Der »Allgemeinwille« ist die Fiktion, die dem Demokraten die Behauptung ermöglicht, dass es dafür, dass man sich einer Mehrheit beugt, einen anderen Grund gibt als die bloße Furcht.

Wenn ihn die Mehrheit vernichtend schlägt, muss der wahre Demokrat sich nicht nur für besiegt erklären, sondern darüber hinaus bekennen, dass er unrecht hatte.

Die Politiker sind in der Demokratie die Kondensatoren der Dummheit.

Irren ist menschlich, lügen demokratisch.

Demagogie ist die Vokabel, welche die Demokraten verwenden, wenn die Demokratie sie erschreckt.

Die antike Welt sah im historischen oder mythischen Helden, in Alexander oder Achilles, das Modell des menschlichen Lebens. Der große Mann war beispielhaft, seine Existenz vorbildlich.
Das Muster des Demokraten ist im Gegensatz dazu ein vulgärer Mensch.
Dem demokratischen Modell muss rigoros alles Bewundernswerte fehlen.

Wir Feinde des allgemeinen Wahlrechts hören nicht auf, uns über den Enthusiasmus zu wundern, den die Wahl einer Handvoll Unfähiger durch einen Haufen Inkompetenter weckt.

Der demokratische Drache wird schließlich alle viere von sich strecken, wenn wir ihm das klitzekleine Gehirn durchbohren, anstatt seine zahllosen Tentakeln abzuhauen.

Wenn eine Aristokratie untergeht, zerfällt sie in tausend kraftvolle Individuen, die gewaltsam in die Geschichte geworfen werden; wenn eine Demokratie verschwindet, schrumpft sie wie ein Gummiball.

Vom Hang zur Demokratie, mit dem heutzutage jeder Mensch geboren wird, erlöst ihn die Intelligenztaufe.

DIE LINKE

Die Linke versammelt all jene, die von der Gesellschaft die elende Behandlung erleiden, die die Natur ihnen zukommen ließ.

Der Revolutionär ist zu guter Letzt ein Individuum, das es nicht wagt, allein auf Raub zu gehen.

Auf die in Schluchten herumirrenden Menschenkarawanen lässt die Linke eine Lawine falscher Ideen niedergehen.

Ich verstehe den Kommunismus, der Protest ist, aber nicht den, der Hoffnung ist.

Der Linke zahlt nur mit vorausdatierten Schecks.

Die Tragödie der Linken?
Die Krankheit richtig diagnostizieren, aber mit ihrer Therapie verschlimmern.

Devise für den jungen Linken: Revolution und Fotze.

Die Linke behauptet, schuld am Konflikt sei nicht, wer fremde Güter begehrt, sondern wer die eigenen verteidigt.

Die subtile Interpretation jedes Ereignisses scheint dem Linken immer suspekt.

Der linke Intellektuelle schreibt gewöhnlich so, als ob ihm das Universum auf die Hühneraugen treten würde.

In jedem Utopisten schlummert ein Polizeiwachtmeister.

Der Marxismus ist die puritanische Theologie der bürgerlichen Religion.

Was man in diesem Jahrhundert die Rechte genannt hat, ist nichts als ein gegen die Heuchelei der Linken aufmarschierter Zynismus gewesen.

Die Linke schreibt ihr Scheitern nie fehlerhaften Prognosen zu, sondern den Tücken der Umstände.

Die Beimischung einiger Tropfen Christentums zu einer linken Gesinnung verwandelt den Trottel in einen perfekten Trottel.

Marx war der einzige Marxist, den der Marxismus nicht verdummt hat.

Wenn die »Rechten« morden, schreit die Linke empört auf wie angesichts eines usurpierten Privilegs.

Eine bürokratische Bestimmung erwartet den Revolutionär wie das Meer die Flüsse.

Der lateinamerikanische Intellektuelle muss Probleme für die Lösungen suchen, die er importiert.

Gibt man ihm nicht alles, was er verlangt, erklärt sich der Linke zum Opfer einer strukturellen Gewalt, die er mit physischer Gewalt abwehren darf.

Das wahre Desaster der Linken wird offenbar, wenn sie hält, was sie verspricht.

Gelehrsamkeit und Erfahrung sind die beiden unüberwindlichen Widersacher der Linken.

Wer die Revolution verteidigt, zitiert Diskurse, wer sie anklagt, zitiert Tatsachen.

Die Ideen der Linken sind vor allem langweilig.

Der Bourgeois ist von Natur aus ein Linker, und ein Rechter bloß aus Angst.

Die linken Ideologien sind die Strategie, mit der sich das Kleinbürgertum der Welt bemächtigt hat.

Der Linke ändert seine Definitionen, um uns zu überzeugen, dass er die Dinge verändert hat.

Es nennt sich Kommunist, wer kämpft, damit der Staat ihm eine bürgerliche Existenz sichert.

Der Linke schließt seine vehementen Anklagen gegen die Gesellschaft mit einem zarten Seufzer von Selbstmitleid ab.

Anstelle des Paternalismus will der Sozialismus die Zucht der Waisenhäuser.

Der dickbäuchige Bürger ist der Schatten, den der magere Revolutionär auf die Geschichte wirft.

Mit marxistischen Kategorien allein ist noch nicht einmal der Marxismus erklärbar.

Der Linke entdeckt nur in den geistigen Armenvierteln Vorfahren.

Der »Sozialismus mit menschlichem Antlitz« ist ein alkoholfreier Branntwein.

Revolutionäre zerstören letzten Endes nur, was die Gesellschaften, gegen die sie rebellieren, erträglich machte.

Mangels neuer Ware zum Angebot auf dem europäischen Markt verkauft der linke Intellektuelle seine verblichenen Ladenhüter in die Dritte Welt.

So groß ist der Glauben des Marxisten an Marx, dass er gewöhnlich davon Abstand nimmt, ihn zu lesen.

Damit er ohne Skrupel alle bürgerlichen Ämter ausfüllen kann, genügt es dem Linken, ihre Ausübung mit dem Exorzismus der Schmährede einzuleiten.

Jede totale Rebellion endet in der Philosophie des Rotary Club.

Marx gewinnt Schlachten, doch Malthus wird den Krieg gewinnen.

Nach jeder Revolution lehrt der Revolutionär, dass die wirkliche Revolution die von morgen sein wird.
Der Revolutionär erklärt, dass ein Elender die Revolution verraten hat.

Der Linke gibt sich als Partner aus, fühlt sich aber als Richter.

Die fortschrittliche Hoffnung nistet nur noch in den Diskursen.

Der Sozialismus bleibt stets die Philosophie der fremden Schuld.

DER REAKTIONÄR

Die Reaktion nahm ihren Anfang mit der ersten Reue.

Der Reaktionär ist heute bloß ein Passagier, der mit Würde Schiffbruch erleidet.

Linke und Rechte streiten sich lediglich um den Besitz der Industriegesellschaft.
Der Reaktionär ersehnt deren Tod.

Die Romantik ist das jugendliche Stammeln der Reaktion, die Reaktion ist die reife Diktion der Romantik.

Der Reaktionär strebt nicht die vergebliche Wiederherstellung der Vergangenheit an, sondern den unwahrscheinlichen Bruch der Zukunft mit dieser schäbigen Gegenwart.

Wir müssen mit jeder x-beliebigen Waffe aus jedem x-beliebigen Gestrüpp auf jede x-beliebige moderne Idee schießen, die allein auf dem Weg vorrückt.

Die Ökologie ist die Schäferspielfassung des strengen reaktionären Textes.

Das politische Vermächtnis des Linken ist die Lieblingslektüre des Reaktionärs.

Wer in der reaktionären Haltung konstruktive Kritik vermisst, vergisst die noble Funktion, die die klare Verkündigung unseres Widerwillens hat.

Nach der Lektüre eines reaktionären Buchs ist der Leser weniger empört als zuvor.

Das Ideal des Reaktionärs ist keine paradiesische Gesellschaft.
Es ist die Gesellschaft der Friedenszeiten in Alt-Europa – vor der demographischen, industriellen und demokratischen Katastrophe.

Es ist offenkundig nicht die Bedeutung der Ökonomie oder der Sexualität, welche die Reaktionäre abstreiten, sondern das ökonomische oder sexuelle Wesen des Wertes.

Die Reaktionäre rekrutieren sich aus der ersten Reihe der Zuschauer bei einer Revolution.

Der Reaktionär hat Gegenstände der Bewunderung, keine Modelle.

Der Kommunist hasst den Kapitalismus mit dem Ödipuskomplex.
Der Reaktionär betrachtet ihn nur mit Xenophobie.

Das fortschrittliche Denken leitet sich vom Glauben an unsere *Mündigkeit* ab.
Das reaktionäre Denken von dem Bewusstsein unserer *Kreatürlichkeit*.

Nur ein offensichtliches Talent bewirkt, dass man dem Reaktionär seine Ideen verzeiht, während die Ideen des Linken bewirken, dass man sein fehlendes Talent entschuldigt.

Der Reaktionär sucht, Mehrheiten zu überzeugen, der Demokrat will sie mit der Verheißung fremder Güter bestechen.

Die drei großen reaktionären Unternehmungen der modernen Geschichte sind: der italienische Humanismus, der französische Klassizismus und die deutsche Romantik.

Die Vergangenheit, die der Reaktionär preist, ist keine historische Epoche, sondern konkrete Norm.
Was der Reaktionär in anderen Jahrhunderten bewundert, ist nicht ihre immer miserable Wirklichkeit, sondern die ihnen eigentümliche Norm, die nicht befolgt wurde.

Wenn ein Reaktionär von »unvermeidlicher Restauration« spricht, dürfen wir nicht vergessen, dass der Reaktionär in Jahrtausenden rechnet.

Einstweilen fällt uns nur die Aufgabe zu, zu verhindern, dass man die Graffiti löscht, die unsere Vorgänger an den Wänden dieses Kerkers hinterlassen haben.

Ich gehöre nicht einer Welt an, die untergeht.
Ich verlängere und übermittle eine Wahrheit, die nicht stirbt.

»Der Leser wird auf diesen Seiten
keine Aphorismen finden.
Meine kurzen Sätze sind die Farbtupfer
einer ›pointillistischen‹ Komposition.«
Nicolás Gómez Dávila

Nachwort des Herausgebers

Es gibt kaum ein hilfloseres Unterfangen, als dem Werk von Nicolás Gómez Dávila ein Nachwort anzufügen – ich hab es einmal versucht und bin eigentlich ganz froh darüber, dass dieser Text, ein Dialog übrigens, nicht mehr erhältlich ist –, und zwar nicht allein deshalb, weil nach der enormen Komprimiertheit der Scholien jegliche Erläuterung notwendig geschwätzig wirken muss, sondern weil ein Kommentar überflüssig ist. Dem Leser dieses Werk »erläutern« zu wollen (und einige Sentenzen zur Bestätigung zu zitieren), wäre fast so ridikül wie die in linksbizarren Intellektuellenkreisen gepflegte Attitüde, es »kritisch einzuordnen«. Den Scholien ist nichts hinzuzusetzen, ihre Lektüre befriedigt intellektuell, labt ästhetisch und stillt auch den metaphysischen Durst, die meisten Fragen beantworten sich im Laufe der Lektüre von allein, die wenigen offenen kläre jeder mit sich selbst. Eventuelle Übersprungsidentifikationen mit dem Autor dürften sich in den meisten Fällen bei zunehmender Vertrautheit mit dessen Werk von allein erledigen, denn früher oder später wird der

Leser auf einen Aphorismus stoßen, der jegliche Gemeinsamkeit unerbittlich aufkündigt.

Nicolás Gómez Dávila ist ein Reaktionär. (Ich werde mich hüten, den Begriff zu veranschaulichen; er tut es selbst.) Der modernen demokratisch verwalteten Welt, die von ihrer nahezu evolutionszielhaften Wohlgeratenheit bekanntlich nicht wenig überzeugt ist, tritt in Gestalt seines Werkes eine Kritik entgegen, die noch weit radikaler ist als jene, mit welcher Karl Marx die Frühform dieser Gesellschaft attackierte. Während aber die Kritik des kommunistischen Großsektengründers trotz gewisser Verheerungen, die seine Lehre im 20. Jahrhundert anrichtete, bis heute als legitim gilt, ist die Perspektive des Reaktionärs tabu. Der Grund liegt auf der Hand: Die Marxisten und ihre Ableger teilen sowohl die Fortschrittsillusion der Demokraten, Linken und Liberalen als auch deren blasierte Verachtung der Vergangenheit, die Geringschätzung der kulturellen Schöpfungen der Altvordern inbegriffen. Der Reaktionär kennt keinen gesellschaftlichen Fortschritt, und beim technischen präsentiert er die Gewinn-Verlust-Rechnung, aus welcher sich ebenfalls ein Progress nur schwer begründen lässt. (Dass die Gäste der Betonhotelschachteln an der Mittelmeerküste heute zwar weniger Geschmack, aber bessere Gebisse haben als die Bewohner der Palazzi ebendort vor zweihundert Jahren, sollte zur Illustration des evolutionären Nullsummenspiels genügen.) Der Reaktionär verweigert sich jeder Art von kollektivem Zukunftsdienst, sein Bezugspunkt ist immer der konkrete Mensch und nie die sogenannte Menschheit. Seine Begriff von Zeitgenossenschaft umfasst Jahrhunderte, weshalb er die gesellschaftlichen Illusionen und gerade *en vogue* befindlich politischen Anschauungen derer, die zufällig gleichzeitig mit ihm auf dieser Erde leben, nicht teilt. Die Gleichheit der Menschen existiert für ihn nur vor Gott.

Die Formulierung, Gómez Dávila sei mit »Kritik« der Gesellschaft seiner Zeit »entgegentreten«, beschreibt freilich ein Nicht-Verhältnis auf unangemessene Weise; weder kritisierte er die moderne Industriegesellschaft – er verachtete sie und lehnte sie uneingeschränkt ab –, noch trat er ihr im Wortsinne entgegen. Als elitärer »Zeitfremdling« (Botho Strauß) zog er sich fast zeitlebens in seine Bibliothek zurück, ein nach seinen Wünschen zusammengestelltes, zuletzt an die 35 000 Bände – philosophische, poetische, historische, theologische und belletristische Werke in allen großen abendländischen Sprachen – bergendes Gehäus, wo er, umgeben von zahlreichen Erstausgaben aus aller Herren Länder, der Lektüre sowie der Niederschrift seiner Scholien oblag. Auf ein größeres Publikum hat Gómez Dávila nie spekuliert, jeder Gedanke an Auflagen, Werbung und Rezensenten hätte ihn zutiefst abgestoßen. Seine Schriften erschienen im Privatdruck, für einen kleinen Kreis von Freunden, unter so unprätentiösen Titeln wie »Notas«, »Textos« oder eben »Escolios«. Nur langsam, gleichsam auf Taubenfüßen – oder, falls die maritime Version einleuchtender erscheint: wie eine Flaschenpost –, haben sich die Aphorismen des 1994 verstorbenen immobilen Weltmannes auf den Weg um den Globus gemacht. Dass für die mehr oder weniger heimliche Präsenz seines Werkes im deutschen Sprachraum der an Marketingbelangen und Verkaufszahlen kaum interessierte Wiener Karolinger-Verlag sorgte, passt gut zu diesem Autor.

Im Leben des Nicolás Gómez Dávila spielten Jahreszahlen anscheinend keine viel größere Rolle als im Leben etwa eines Baumes. Er wurde am 18. Mai 1913 in Sante Fé de Bogotá in Kolumbien geboren und starb dortselbst am 17. Mai 1994. Gómez Dávila entstammte einer wohlhabenden Kolonialfamilie kastilischer Herkunft, die einen prächtigen Landsitz im Departamento von Cundinamarca und ein herrschaftliches Haus in Bogotá besaß. Der Vater war erfolgreicher Textilgeschäftsmann. Als Nicolás ins schulfähige Alter gekommen war, zog die Familie nach Paris, um den Jungen in die europäische Kultur einzuführen. Dort besuchte er eine Schule des Benediktinerordens. Eine Lungenkrankheit, die er geistig durch Hauslehrer kompensieren konnte, fesselte ihn zwei Jahre ans Bett. Gómez Dávila erhielt eine humanistische Ausbildung, neben dem Französischen lernte er Latein und Griechisch, bei Ferienaufenthalten in Großbritannien zudem Englisch; später brachte er sich noch Deutsch und Italienisch bei. Der Autodidakt hat nie eine Universität besucht.

Als Dreiundzwanzigjähriger kehrte Gómez Dávila nach Kolumbien zurück, und mit Ausnahme einer Europareise verließ er sein Land nie mehr. Aus seiner Ehe mit Maria Emilia Nieto gingen zwei Söhne und eine Tochter hervor. Den größten Teil seines Daseins verbrachte der »Einsiedler am Rande der bewohnten Erde« (Martin Mosebach) in seinem Landgut am Rande von Bogotá, einem säkularisierten Kloster. Politische Ämter, die ihm von zwei Regierungen angetragen wurden, lehnte er ab. Die körperlichen Folgen eines Reitunfalls verstärkte seine Klaustrophilie. Von regelmäßigen sonntäglichen Treffen mit Angehörigen der intellektuellen Oberschicht seines Landes abgesehen, unterhielt er kaum gesellschaftliche Kontakte. Private Information über ihn sind äußerst rar, ein Tagebuch hat er nicht geführt und auch kaum je einen Brief geschrieben. Dass seine Schriften bis nach Europa gelesen wurden, durfte er in seinen letzten Lebensjahren noch erfahren. Für deren Verbreitung hat er jedoch nie etwas unternommen.

Sein Hauptwerk, die *Scholien zu einem inbegriffenen Text*, wurden in drei Schüben 1977, 1986 und 1992 gedruckt. Scholien sind kommentierende Randbemerkungen des Bibliothekars am klassischen Text. Wenn Gómez Dávila den Text als diesen Glossen inbegriffen bezeichnet, heißt das, dass es dem Leser vorbehalten bleibt, ihn bei der Lektüre vor seinem sogenannten geistigen Auge mitentstehen zu lassen. Dieser Text wird von einem aristokratischen Reaktionär, rigiden Antifortschrittler und gottergeben Schöngeist handeln, dessen Aversionen sich aus der Vulgarität der modernen Welt speisen und dessen Trost die Gespräche mit den großen toten Autoren sind. Und jene Scholien, die das fiktive Werk umzüngeln, sind schlicht und einfach Weltliteratur. Es sind Perlen reinster Luzidität. Kein zweiter Autor hat eine derartige Fülle hochkomprimierter, tiefsinniger und eminent zitierenswürdiger Sentenzen zu Papier gebracht.

Apropos zitierenswürdig: »Jeder Aphorismus«, schrieb ein inspirierter Amazon-Rezensent der Karolinger-Gesamtausgabe, »ist Jod, Pflaster und ein sanfter Kuß auf die verletzte

Stelle.« Ein schöner Satz – aber er beschreibt das ziemlich exakte Gegenteil zu jenem Arsenal voller geistiger Geschosse und intellektueller Sprengsätze, welches der Herausgeber in der Vorbemerkung als Gleichnis vorschlug. Doch beides trifft zu. Am Ende entscheidet der Leser, was er findet. Dieses Werk ist von beglückender Unerschöpflichkeit.

»Im Exil zu sterben ist eine Garantie dafür, nicht völlig mittelmäßig gewesen zu sein.«
Nicolás Gómez Dávila

Zum Zustandekommen dieser Ausgabe

Im August 2025 schrieb mir der israelische Schriftsteller Chaim Noll, er habe von einem Besucher aus Deutschland erfahren, dass ich ein Bändchen mit Gómez Dávilas Aphorismen in deutscher Übersetzung bei Reclam herausgegeben habe, und erkundigte sich, ob es noch erhältlich sei. Bedauerlicherweise nicht, antwortete ich, und ich könne ihm leider auch kein Exemplar aus meinen Autorenbeständen schenken, da nur noch ein einziges übriggeblieben sei. Dieses Buch sei nämlich vom Markt verschwunden, auf recht deutsche Weise: Ein an den Außengrenzen der Zivilgesellschaft wachender Türmer – »zum Wittern geboren, zum Petzen bestellt« – habe Anfang 2019 den Verlag via Twitter angepflaumt, ob man wissentlich oder gar vorsätzlich ein Buch des Redenschreibers von Alexander Gauland verbreite. (Wörtlich: »Warum ermöglicht Reclam eigentlich dem Gauland-Redenschreiber Klonovsky, die Aphorismen von Nicolás Gómez Dávila herauszugeben?«) Zwar antwortete Reclam, dass der Herausgeber des Gómez Dávila-Bändchens bei dessen Erscheinen im Jahr 2007 ein Redakteur des *Focus* und die AfD noch nicht einmal gegründet war – zwischen der Veröffentlichung und meiner ersten Gauland-Rede liegen zehn Jahre –, nahm aber das Buch dann doch brav aus dem Sortiment und brachte, wir sind im Lande der Gesinnungsdressur und tätigen Reue, sogar das Kunststück fertig, es komplett aus den Verlagsannalen verschwinden zu lassen; es ist bei Reclam nie erschienen. »Ich bin, offen gesagt, entsetzt«, antwortete Chaim Noll auf meinen Bescheid. »Wusste nicht, dass es so schlimm ist. Was für ein schreckliches Land."

Dass diese Miniaturversion einer *Damnatio memoriae* tatsächlich als Reaktion auf den zitierten Denunzianten erfolgte, der übrigens inzwischen als »Wissenschaftlicher Mitarbeiter (Junior Assistant Professor for American Cultural History)« an der Universität Leipzig womit auch immer beschäftigt ist, kann ich lediglich mutmaßen. Ich wüsste freilich keinen anderen Grund. Jede Petze ist auf offene Ohren und willige Vollstrecker angewiesen.

In einer Rezension des Senders *Deutschlandfunk Kultur* vom 17. Februar 2008 hieß es übrigens: »Michael Klonovsky hat – eigentlich ein Widerspruch in sich – eine Volksausgabe galliger Dávila-Aphorismen versammelt. Wer Politik aus ästhetischen Gründen ablehnt, kommt hier ganz auf seine Kosten. Originalton: ›Wir Feinde des allgemeinen Wahlrechts hören nicht auf, uns über den Enthusiasmus zu wundern, den die Wahl einer Handvoll Unfähiger durch einen Haufen Inkompetenter weckt.‹ Darf man so etwas in Deutschland schon wieder sagen? Aber ja! Nichts reinigt die Geschmacksnerven besser vom klebrigen Zucker der Parteiendemokratie als ein tiefer Schluck aus der Flasche aristokratischer Verbitterung.« Nun, das würde heute dort nicht mehr veröffentlicht, auch dafür haben Denunzianten und willige Vollstrecker inzwischen gesorgt.

Dass die Neuausgabe jetzt in einem samisdatartigen Kleinverlag erscheint, der auch eine Buchreihe mit dem Titel »Exil« führt, ist also von einer gewissen Symbolik. Als die Dresdner Buchhändlerin Susanne Dagen sie anno 2020 ins Leben rief, hub übrigens ein Mediengezeter mittleren Gepränges darüber an, dass im besten Deutschland, welches nach Ansicht des einstweilen präpotentesten aller Bundespräsidenten jemals existierte, eine Buchreihe ausgerechnet so heiße. Es sei Anmaßung und Tempelfrevel, diesen Begriff für die Veröffentlichung von Autoren zu missbrauchen, die weder das Land verlassen müssten, noch von Geheimpolizei, Lagerhaft und Volkszorn bedroht würden und überhaupt froh sein sollten.

Seien wir also rechtzeitig froh.

Textnachweise

Der hier vorgelegten Textauswahl liegen folgende Ausgaben zugrunde:

Nicolás Gómez Dávila: *Auf verlorenem Posten. Neue Scholien zu einem inbegriffenen Text.* Aus dem Spanischen von Michaela Meßner. Wien: Karolinger, 1992.

Nicolás Gómez Dávila: *Aufzeichnungen des Besiegten. Fortgesetzte Scholien zu einem inbegriffenen Text.* Aus dem Spanischen von Günter Maschke. Wien: Karolinger, 1994.

Nicolás Gómez Dávila: *Scholien zu einem inbegriffenen Text.* Aus dem Spanischen von Thomas Knefeli und Günther Rudolf Sigl. Wien/Leipzig: Karolinger, 2006.

KAROLINGER VERLAG
AUS UNSEREM PROGRAMM

Nicolás Gómez Dávila

SÄMTLICHE SCHOLIEN
zu einem inbegriffenen Text

Scholien – Neue Scholien – Fortgesetzte Scholien – Verstreute Scholien aus Zeitschriften

920 Seiten, gebunden, illustriert
ISBN 978 3 85418 197 2

Der Band enthält das gesamte Scholien- bzw. Aphorismenwerk des kolumbianischen Denkers (1913–1994) in durchgesehenen Übersetzungen, abgeglichen mit der mehrbändigen spanischen Gesamtausgabe.

Die Durchnumerierung der Scholien von 1 bis 10370 wird vielen Lesern willkommen sein.

Nicolás Goméz Dávila

TEXTE UND ANDERE SCHRIFTEN
Aus dem Spanischen von Herminio Redondo
2., durchgesehene Auflage

200 Seiten, gebunden
ISBN 978 3 85418 181 1

Wir versammeln hier Essais aus der Früh- und der Spätzeit des Autors. *Textos* erschienen 1959 in einem Privatdruck, *De Jure* 1988 und der *Authentische Reaktionär* 1995 in Zeitschriften.

Karolinger Verlag
Kutschkergasse 12/7, 1180 Wien
verlag@karolinger.at, www.karolinger.at